U0095903

钥匙

【日】谷崎润一郎——著

竺家荣——译

作家出版社

一月一日。……从今年开始，我决定把一直犹豫着没敢写进日记里的事写下来。关于自己的性生活、自己与妻子的关系我一向是不详细记录的，因为担心妻子偷看这个日记本而生我的气，但是从今年开始我不想顾虑这一点了。妻子肯定知道这本日记放在我书房的哪个抽屉里。她出身于有着京都遗风的名门世家，呼吸着封建的空气长大，至今仍尊崇过时的旧道德，有时候甚至引以为豪，所以说不大可能偷看丈夫的日记，不过这也不是绝对的，这一点自有我的道理。从今往后，我要是打破惯例，频繁地记录有关夫妻生活的隐秘之事的话，她到底能不能抵御偷窥丈夫隐私的诱惑呢？这是因为她虽然天性内向，对隐秘之事却有着强烈的好奇心。她还惯于装模作样，不轻易表露自己的内心，更可恨的是，她还将这标榜为女人的教养。我以前总是把放日记本的抽屉钥匙藏在某个地方，而且不时更换藏匿之所，但是好奇心很强的妻子很可能知道我所有藏钥匙的地点。其实我这么麻烦完全是多余的，那种钥匙轻而易举就可以配上一把。

……我刚才写了"从今年开始我不想顾虑这一点了"，其实，也许我从来就没有担心过，甚至知道她会偷看，而一直期待着呢。既然如此，为什么我要锁上抽屉，还将钥匙东藏西藏呢？也许我是为了满足她寻找东西的嗜好吧。如果我把日记本故意放在她看得到的地方的话，她一定会想"这是为了让我看而写的日记"，因此不相信日记里写的内容，甚至会猜测"一定还有一本真正的日记藏在什么地方"。……郁子啊，我亲爱的妻子啊，我不知道你是否一直在偷看我的日记。即使我直截了当去问你，你也会说："我决不偷看别人写的东西。"所以问你也是白搭。不过你如果看了的话，我希望你相信我写的都是真实的，没有一点虚伪。当然对于猜疑心重的人，越这么说越会引起怀疑，我不会对你说什么的。

其实，只要你看了这本日记，究竟是真是假就不言自明了。

我当然不会只写对她有利的内容，肯定要露骨地写一些让她感到不快，或使她不堪入目的事。我之所以打算把这些事写进日记，就是因为她那过分的秘密主义的缘故，——在夫妻之间，她也耻于谈论闺房之事，偶尔我说两句下流话，她也会马上捂起耳朵，这是她所谓的"教养"，伪善的"女性的温柔"，矫揉造作的高雅品位。我们结婚已有二十多年，女儿都快出嫁了，可上了床仍然是默默行事，从来没有一句亲昵的话，这哪像是夫妻呀？我对她不给我与她直接谈论闺房之事的机会不满至极，这才决定写进日记里的。今后我不管她是不是真的偷看了，就当作她在偷看，以间接地和她谈论这些事的心情来写日记。

我是真心地爱她的，——以前我常常也这样写，绝无虚饰，我想她也很明白这一点。只是在生理上我没有她的欲望那么强烈，在这一点上和她不太匹配。我今年五十六岁（她应该是四十五岁了），应该说并不算太老，可是不知什么原因，干那事时总觉得力不从心。说实话，我现在大约每周一次，——也许应该说是十天一次更合适。可是，她尽管是腺病体质，心脏也不太好，那方面却出奇地强。（这么露骨地谈论这种事是她最忌讳的了）这是现在我唯一感到困惑、苦恼的事。虽说我作为丈夫不能充分完成对妻子的义务深感内疚，可是，假设她为弥补这一缺憾——这么一说，她一定会生气，怪我把她看作淫荡的女人，这不过是个"假设"——找了个情人的话，我也受不了。我仅仅这样设想一下都嫉妒万分。再说，考虑到她自身的健康，是否也应该多少抑制一下她那病态的欲望呢。

……更让我头痛的是我的体力逐年下降。近来，我在房事之后感到十分疲劳，一整天都没精打采的，几乎连思考的力气都没有了。……那么，这是不是意味着我讨厌和她做这事呢？事实正相反。我绝不是出于义务，强迫自己打起精神来应付她的要求的。我很爱她，不知这是我的幸福还是不幸。在此我要揭露她的一个隐秘，她有着她自己全然没有意识到的一个独特的长处。我如果没有在年轻时和各式各样的女性交往的经验的话，就不会了解她所具有的这一稀有的长处。据我年轻时冶游的经验，才知道她是百里挑一的极其罕见的器具所有者。她如果被卖到从前岛原[①]一带的妓院去的话，肯定会大受欢迎，无数的嫖客会竞相聚集到她身边来，天下的男子无不为她夜不能寐的。（我想这件事还是不要告诉她为好。让她意识到了这一点，至少对我自己是不利的。不过，她若是知道了的话，究竟会暗自高兴呢，还是感到羞耻或侮辱呢？大概表面上装作生气，内心不禁得意万分吧）

我只要想到她的那个长处就感到嫉妒。如果其他男人知道了她的这个长处，而且知道我没能完全报偿这一天赐的幸运的话，将会发生什么事呢？我一想到这些就心里不安，感到自己对她做了罪孽深重的事，而充满了自责，于是乎我用各种办法来刺激自己。例如，我让她刺激我的兴奋点——我闭上眼睛，让她吻我的眼皮时能引起快感。或者我刺激她的兴奋点——她喜欢让我吻她的腋下来刺激自己。然而就连这点要求她也不痛快地回应。她不喜欢沉溺于此类"不自然的

---

① 位于京都下京区西部，是妓院聚集地。

游戏"之中，总是要求正统的对向式。即便我向她解释说，这些前戏是使对向式成功的手段，她仍旧固执于所谓"女人的教养"，不越雷池一步。而且她明知我对女人的脚有特别的嗜好，也知道她自己的脚长得特别美（完全不像四十五岁女人的脚），不，应该说是正因为知道，而故意不让我看她的脚。在夏天最热的时候，一般她也穿着袜子。我求她至少让我吻一下她的脚背，可她总是借口什么"太脏了"，或者"脚是不该吻的"等，怎么也不让碰。她这样推三阻四的让我无计可施。

……其结果，搞得我刚刚进入正月就发了这么多牢骚，真难为情，不过，还是觉得把这些写下来的好。明天晚上是"姬始"①，妻子一定会遵循惯例，以对向式古板地行事的。……

一月四日。……今天我遇见了一件稀罕事。书房有三天

_____

① 新年夫妇初次交合之日。

没打扫了，下午趁丈夫出去散步，我进去打扫时，看见摆放着插有一枝水仙的小花瓶的书架前掉了一把钥匙。这倒也没什么可稀奇的，但丈夫是不会毫无理由地不小心将钥匙掉在地上的，因为丈夫是个很谨慎的人。再说他多年来每天写日记，从来没有丢掉过一次钥匙。……我当然早就知道丈夫写日记，也知道他把日记本锁在那个小桌子的抽屉里，还知道他把钥匙有时放在书中间，有时藏在地毯下面。但是我分得清什么是我该知道的，什么是我不该知道的。我知道的仅仅是日记本的所在和钥匙的藏匿之所。我从不曾偷看过日记里写了什么。可是出乎意料的是，生性多疑的丈夫却总是把日记本锁起来，把钥匙藏起来，否则心里就不安似的。……而这么小心的丈夫今天把钥匙掉在地上是怎么回事呢？难道他改变了想法，觉得有必要让我看日记了吗？也许他知道直接对我说你可以看日记，我反而不会看，所以用这种方式表示"想看的话就偷偷看，这是钥匙"的吧？如果是这样的话，是否表明丈夫一直不知道我知道钥匙的所在呢？不，不是这样，大概是要表明"我从今天开始默认你偷看我的日记，只是假装不知道你在偷看"的吧？……

反正他怎么想都无所谓，即便他是这么想的，我也决不会看的。我不想越过迄今为止自己划定的界限，进入丈夫的内心。正如我不愿意别人了解我的心事一样，也不喜欢对别人的秘密刨根问底。况且想让我看的日记，就会有虚假的成分，不会都是让我愉快的事了。丈夫愿意写什么就写什么，反正我有一定之规。其实我从今年也开始写日记了。像我这样的不愿意对人敞开心扉的人，至少可以说给自己听。当然我是不会粗心大意到让丈夫发觉我在写日记的。我总是趁丈夫不在家的时候写，藏在一个丈夫绝对想不到的地方。我想要写日记的第一个理由就是我知道丈夫的日记本的所在，而丈夫连我写日记都不知道，这种优越感使我兴奋无比。……

前天夜里行了一年之始的房事。……啊，把这事写下来真难为情。去世的父亲过去经常教导我要"慎独"，他要是知道我写这样的日记，不知会怎样叹息我的堕落呢。……丈夫照例是达到了欢喜的顶峰，而我照例是没有满足，而且事后感觉非常不愉快。丈夫为自己的体力不支而惭愧，每次都要说一通抱歉的话，同时也攻击我对他过于冷静。所谓冷静的意思，用他的话来说就是，我虽然"精力绝伦"，那方面病态地旺盛，但我的方式却过于"事务性""一般化""公式化"，过于一成不变了。尽管我平素遇事消极、保守，唯独那件事上是积极的，可是二十年来总是用同一种方式，同一种姿势来跟他做爱。——尽管如此，丈夫并没有忽略我的无言的挑逗，对我极其细微的表示都十分敏感，立刻就能觉察得到。也许是因为经常要战战兢兢地应对我过于频繁的要求，才使他变成这样的。——在他眼里，我是个只求实利、不讲情调的女人。丈夫说："你爱我还不及我爱你的一半。你只把我当作必需品——而且是很不完整的必需品。如果你真爱我的话，会更热情一些的，会答应我所有的要求的。我不能使你充分满足的一半责任在你，如果你多少挑起我的热情的话，我也不至于如此无力。你一向不做任何努力，在这件事上从不主动协助我。你虽然很贪吃，却只是揣着手等现成的。"甚至还说我"是个冷血动物，是个心地很坏的女人"。

　　丈夫这么看我也不能怪他。可是我从小就受到古板的双亲的训诫，对于男人，女人无论什么场合都必须是被动的，不可主动。我决不缺乏热情，我的热情潜藏在内心深处，只是没有发散出来而已。如果硬要让它发散出来，就会在瞬间消失的。我的热情是苍白的，不是火热的，这一点丈夫并不理解。

……近来我常常感到，我和他是不是阴错阳差地当了夫妻呢？也许还有更适合我的男人吧。对他而言也是如此吧。我和他在性的嗜好方面不吻合之处太多了。我遵照父母之命稀里糊涂嫁到这个家里，一直以为夫妻生活不过如此，可是现在想起来，我似乎选择了最不适合我的人。虽然我只当这是命里注定的，无可奈何地压抑自己，可是当我和他面对面时，常常无缘无故地感到不舒服。这种恶心的感觉并不是最近才有的，从结婚的头一夜，和他同床共枕的那天晚上就开始了。

至今我还清楚地记得，在新婚旅行的那天晚上，当我上床后，看见他摘下近视眼镜时，竟吓得浑身一哆嗦。经常戴眼镜的人一摘下眼镜，都会给人异样的感觉，但是丈夫的脸突然间变得像一张惨白的、死人般的脸。丈夫凑近我的脸，死盯着我看，我也自然而然地盯着他的脸看。当我看到他那细腻得像铝制品般光滑的皮肤时，又哆嗦了一下。白天没有看清楚，原来他的鼻子下边和嘴唇周围长着浅浅的胡须（他其实体毛很重的），这也让我浑身起鸡皮疙瘩。有生以来我是头一次这么近距离地看男人的脸。也许是这个缘故，从那以后，只要在明亮的地方长时间注视丈夫的脸，我就会心里发毛。所以为了尽量不看他的脸，我总是把灯关掉。丈夫却相反，那个时候总要把屋里的灯开得亮亮的，然后从头到脚把我的身体看一个遍。（我很少同意他这么做，只是在他的强烈要求下，不得已让他看看脚）我不了解其他男人，不知男人是否都这么固执？那种死缠烂磨、黏黏糊糊地要求必要行为以外的游戏的习性，难道是所有男人共同的吗？……

一月七日。……今天木村来拜年。我正在看福克纳的小说《圣殿》，所以只跟他打了个招呼就上二楼的书房去了。木村在客厅里和妻子、敏子闲聊。三点多，三人一起去看《美丽的萨布里那》了。六点时，木村又和她们一起回来了，和我家人一起吃了晚饭，一直待到九点多才走。吃饭时，除敏子外，我们三人都喝了一点白兰地。我觉得郁子近来酒量见长，虽说最开始教她喝酒的是我，其实她本来就是能喝酒的体质，只要给她酒，她一声不吭地能喝好多。虽然她也喝醉过，却是阴性的醉法，内攻而不外发，所以一般人不易察觉。今晚木村给妻子斟了两杯白兰地，妻子的脸色有些发白，却看不出喝醉的样子，倒是我和木村的脸红通通的。木村不太能喝，似乎还不如妻子能喝。妻子喝别的男人给斟的白兰地，今天晚上好像还是头一次。

木村开始是给敏子斟酒，敏子说："我不喝酒，给妈妈斟吧。"我早就感觉敏子在回避木村，大概是她感觉木村对母亲比对她显得亲热吧。我原以为这是自己的忌妒心作怪，想要努力打消这个念头，现在看来我的感觉是对的。妻子对来客一向是冷淡的，尤其不愿意会见男客，唯独对木村很热情。无论是敏子，还是我和妻子，虽然嘴上没说出来，可都觉得木村长得像詹姆斯·斯图尔特，而且我知道妻子很喜欢詹姆斯·斯图尔特。（虽然妻子没说过，但只要有詹姆斯演的电影，她必定去看）当然妻子接近木村是由于我有意把敏子嫁给木村，所以常常让木村到家里来，并让妻子留意他们二人的情况的缘故。可是，敏子对这事似乎不大上心。她总是回避和木村单独在一起，经常和郁子三人一起在客厅聊天，去看电影也必定叫母亲一起去。我对妻子说："你老跟着去，他们怎么好得起来呀？让他们两个人单独去。"妻子反驳说，作为母亲有监督的责任。我说："你的脑筋太旧了，应该信任他们。"她说："我也这么想，可是敏子叫我陪她去。"如果敏子真是这么说的话，很可能是敏子看出来母亲喜欢木村，反过来为他们搭桥呢。我总觉得妻子和敏子之间有种默契。不过妻子也许还未意识到，以为自己是在监督两个年轻人，其实给人感觉她已经爱上了木村。……

一月八日。昨天晚上我喝醉了，丈夫比我醉得还厉害。他一反平日，一个劲儿地要求我吻他的眼皮。我也因为白兰地喝得多了一点，竟晕晕乎乎地答应了。这还不算，吻他时，我一不留神看见了不该看的——他摘掉眼镜的脸。这种时候我一向是闭上眼睛的，昨天晚上却睁开了眼睛，他那铝制品般的皮肤仿佛被显像管放大了似的展现在我的眼前。我倏地一抖，感觉自己的脸一下子变得苍白，好在丈夫很快戴上了眼镜，像以往那样仔细端详我的手和脚。……我默默地关掉了枕边的台灯。丈夫伸手要打开台灯，我把台灯给推远了。

"求你了，让我再看一次吧，求求你了。……"

丈夫在黑暗中摸索着台灯，怎么也摸不着，只好放弃了。……久违的长时间的拥抱。……

我对丈夫一半是极端的厌恶，一半是极端的爱恋。我和丈夫虽然性不合，但我并不想去爱别人。旧的贞操观念已深深扎根在我的头脑里，绝不会改变的。我对丈夫那种执拗而变态的爱抚方式深感困惑，然而明摆着他是狂热地爱我的，因此我不回应他一下，总觉得过意不去。啊，要是他还能像从前那样体力充沛就好了。……他那方面的精力怎么会减退得这么厉害呢？照他的说法，是因为我过于淫荡，他禁不住我的诱惑而失控的结果。女人在这一点上是不死之身，而男人要用脑，所以那种事会立刻影响到身体的状况。被他这么一说，我真是觉得羞耻，可我生就这样的体质，自己也无可奈何，这一点他理当一清二楚。如果丈夫真心爱我的话，应该想方设法使我高兴才对。我只希望他能明白，那些多余的爱抚使我无法忍受。对我来说，那一套不仅毫无意义，甚至影响情绪。我希望每次都按照老规矩，在昏暗的闺床上，裹在厚厚的被子里，互相看不清对方的脸，悄然行事。夫妇这方面的嗜好大相径庭实在是一大不幸，难道双方不能努力寻求点儿妥协吗？……

一月十三日。……四点半木村来了。说是从老家寄来了腌鰡鱼子，带来让我们尝尝。他们三人聊了一个小时左右，木村正要告辞时，我从书房下来，挽留他吃了饭再走。木村也没推辞，说了句"我不客气了"，便又坐了下来。准备晚饭的工夫，我又上了二楼的书房，敏子一个人在厨房干活，妻子在客厅陪木村说话。

晚饭只是家常便饭，由于有腌鳎鱼子和昨天妻子从锦市场买来的鲫鱼寿司做下酒菜，我们又喝起了白兰地。妻子不喜欢吃甜食，喜欢吃下酒菜，尤其喜好鲫鱼寿司。我虽说没有特别的好恶，却不喜欢吃鲫鱼寿司，家里只有妻子一个人喜欢吃。出生于长崎的木村说他虽然喜欢吃腌鳎鱼子，却不喜欢吃鲫鱼寿司。

木村是第一次带礼物来我家，说不定他早有留下来吃晚饭的打算。我对他的心理还摸不准，不知他到底喜欢郁子还是敏子。我要是木村的话，要问我会喜欢哪一个，肯定也会对母亲感兴趣的，虽说母亲上了年纪。不过从木村的表情上看不出什么来，也许他最终的目的还是敏子。只是见敏子对他不那么上心，才想要暂时讨母亲欢心，通过母亲追求敏子的吧？

……其实，重要的倒是我自己怎么打算的。出于什么考虑，今天晚上又一次挽留了木村呢？连我自己也弄不清楚自己是什么心理。七日那天晚上，我已经对木村产生了一丝嫉妒了（也许不只是一丝吧），——不对，是从去年年底开始的。——可以说，我也在偷偷享受着嫉妒吧。我原本一感到嫉妒，那方面就会产生冲动，所以在某种意义上，嫉妒是必要的，它能够引起快感。

那天晚上，我利用对木村的嫉妒，成功地使妻子兴奋了。我由此得知，为了使今后我们夫妻的性生活能令人满足地持续下去，木村这一兴奋剂的存在就是必不可少的。当然，有必要提醒妻子的是，不要超出作为兴奋剂来利用的范围。妻子尽可以走到极端的程度，越极端越好。我希望她能使我产生疯狂的嫉妒，甚至使我对她是不是越过了限度，抱有一些怀疑就好了，最好能达到这样的程度。尽管我这么说，恐怕她也不会有那个胆量的。我只是希望她能明白，她这么做，来尽力刺激我，是有利于她自身的幸福的。

一月十七日。……木村这几天一直没来，可是我和妻子却从那天开始，每天晚上都要喝白兰地。妻子只要劝酒就喝，能喝好多。我喜欢看妻子极力掩饰醉态而憋得脸色冰冷发青的样子。我觉得这时的妻子有着万种风情。我本来是想把妻子灌醉后和她睡觉，可是妻子就是不上我的套，反而借着酒劲愈加耍赖不让我碰她的脚，还要我为她做这做那。……

一月二十日。……今天头疼了一天。虽然不到宿醉的程度，但昨天的确喝过了一点。……木村担心我的酒量会越来越大，近来每次只给我斟两杯，并劝我别喝得太多了。丈夫则相反，比以前更加怂恿我多喝。他知道我从不拒绝别人的劝酒，就没完没了地给我倒酒。其实我的酒量也就到这儿了。尽管没在丈夫和木村面前失过态，但喝酒过量之后会很难受，所以我还是把握分寸比较好。……

一月二十八日。……今天晚上妻子突然晕倒了。今天木村来了，四个人围着饭桌吃饭时，她离开了饭桌，好长时间没回来。木村说："会不会有什么事啊？"以往妻子常常一喝多，就爱去厕所，所以我就说："没事，一会儿就回来。"可是半天也没回来，木村不放心，起身去找她。不大工夫，他在走廊喊道："小姐，有点奇怪，你快来。"——敏子今天晚上照例是一吃完饭就早早回自己房间了。木村对她说："真奇怪，哪儿都找不到太太。"

敏子在浴室里找到了妻子，妻子泡在浴缸里，双手搭在浴缸边上，面朝下伏在上面睡着了。"妈妈，别在这儿睡觉呀。"妻子仍然一动不动。

"先生，不好了。"木村又赶紧跑来告诉我。我进浴室给她把了脉，脉搏很微弱，一分钟跳九十多下。我脱掉衣服进了浴缸，把妻子抱出来，放在浴室的木地板上。敏子用一条大浴巾裹住了母亲的身体，说："我去铺床"，就去卧室了。

木村不知该干什么，一会儿进来一会儿出去地转来转去。我对他说："你也进来搭把手。"他这才轻轻地走进了浴室。"得赶快擦干她身上的水，不然会感冒。不好意思，你帮忙擦一下。"我和木村两人用干毛巾擦起郁子湿漉漉的身体来。(在这么紧急的时候，我也没有忘记"利用"木村。我让他负责上半身，我负责下半身。连脚趾缝我都擦得干干净净，并命令木村"你把手指缝也擦干净"。一边擦着，我还一

边留心观察木村的动作和表情）

敏子拿来了睡衣，见木村在帮忙，就说了句"我去灌热水袋"，转身又出去了。我和木村给郁子穿上睡衣后，把她送回了卧室。

木村说："有可能是脑贫血，还是不要用热水袋的好。"

三个人商量了一会儿要不要请医生来，虽说儿玉医生不是外人，可我也不愿意让他看见妻子的这副丑态。可是她现在的心脏跳动很微弱，只好把儿玉医生请来了。医生的诊断果然是脑贫血，对我说："不要紧，不用担心。"给她打了一针樟脑液，医生就回去了，这时已是凌晨两点了。……

一月二十九日。昨晚喝多了，很难受，就去了厕所，到此为止我记得很清楚。去浴室后，晕了过去也有印象，以后的事就不知道了。今天早上醒来，见自己躺在床上，一定是被人送回卧室的。今天一天头痛得起不来床，迷迷糊糊地躺了一天，不停地做梦。傍晚时感觉好多了，勉强写了这篇日记。还想接着睡觉。

一月二十九日。……妻子从昨晚晕倒以后到现在一直没起床。昨晚我和木村把她从浴室送回卧室时是十二点左右，儿玉医生来出诊是零点半，回去时已是今天凌晨两点左右。我把医生送到外面时，头上一片美丽的星空，寒气袭人。卧室里有火炉，只要睡觉前往炉子里放一撮煤就够暖和了，木村说："今天应该烧旺点。"我让他多放了一些煤块儿。"请多保重，我告辞了。"虽然木村这么说，可是夜已深，怎么好让他回去呢？我说："被褥都是现成的，就在客厅将就一晚上吧。""不用了，离得不远，不用费心了。"他帮着把郁子抬进卧室后，一直转来转去，（也没有多余的椅子可坐，就站在我和妻子的床铺之间）而敏子在木村进卧室的同时，就出去了，没有再进来。木村执意要回去，我也没再坚持。不过说实话，他回去也正合我意。因为刚才我突然想起了一个计划，所以内心也希望他回去。

　　把木村送走，又确认了敏子不会到这里来之后，我走到妻子的床边给她把了一下脉。刚才打的那针樟脑液很管用，脉搏已经正常了，看样子她现在睡得很熟。——从她的性格来推断，到底她是真的睡着了，还是装的，不大好判断。不过，我觉得即便是装的也没有关系。

——我先加旺了火，火苗呼呼地响着。又取下盖在落地灯罩上的黑布，屋里亮堂多了。我把落地灯轻轻地挪到妻子的床边，放在可以将她的全身置于光亮之中的地方。我感到自己的心脏突然剧烈跳动起来，我多年的梦想今晚终于能够实现了，这使我无比兴奋。我又蹑手蹑脚地去了二楼，从书房的桌子上拿来了日光灯台灯，放在床头柜上。这是我早有预谋的。去年秋天，我将书房的台灯换成日光灯管，也是因为估计到了会有这样的机会。当时妻子和敏子都反对，说是换成日光灯的话，收音机会有杂音，可是，我还是以视力衰退，有碍看书为由，换成了日光灯。——其实虽说也有为了看书的因素，——但是，更重要的还是出于自己强烈的欲望，盼望有一天，能在明亮的日光灯下欣赏妻子的整个裸体。这是自从知道了日光灯之日起便产生的妄想。

……一切都按预期的进行。我重新脱掉了她身上所有的衣服，让她一丝不挂地平躺着，暴露在落地灯和日光灯如同白昼一般的光照之下。然后，我开始像看地图似的，细细地品味起她来。当妻子一尘不染的美妙肉体呈现在我眼前时，我竟有些慌张和恍惚，因为这是第一次以全身像的形式观看自己妻子的裸体。许多"丈夫"对妻子的肉体都是了如指掌的，甚至连脚心有多少皱纹都一清二楚。可是妻子从来没有让我仔细看过她的整个身体。在亲热时，虽然看过一些局部，但是她也只允许我看上半身的一部分，其他地方一律不许看。我只是用手触摸来想象其形状，感觉她的肉体很美。正是这个缘故，我才产生了要在灯光下一睹她身体的念头。如今，这一期待不仅没有让我失望，反而远远超出了我的想象。自结婚以来，我第一次从上到下地看到了妻子的完整裸体，尤其是能够将她的下半身看得真真切切。

她是明治四十四年出生的，体格不像现代女性那样欧化，但是，她年轻时经常游泳、打网球，所以作为那个时代的日本女性来说，有着十分匀称的骨骼。但是她的胸部平坦，乳房和臀部都不很丰满，腿虽然细长，但是小腿略微呈

O形，不太直，尤其是脚脖子不够细。不过，比起西洋人那种修长的腿来，我更偏爱像我母亲和姑妈那样的旧时代日本女人的弯曲腿，笔直如棍的腿没有曲线不好看。比起发达的胸部和臀部来，我更喜欢像中宫寺的本尊那样微微隆起的程度。我想象妻子的身体就是这个样子，果然不出我所料。而出乎我意料的是她那全身上下毫无瑕疵的洁净的皮肤。一般人身上总有些细小的斑点，——比如浅紫或黝黑的小点等，可我仔细找遍了妻子的全身也没有发现一处。我还把她翻了个身，脸朝下趴着，连臀部都没有遗漏地看了个遍。……虽然她已有四十五岁，还生育了一个女儿，皮肤竟然没有一点瑕疵。结婚后这么多年，由于她只允许我在黑暗中触摸，所以至今没有能够看到她这美妙绝伦的肉体，现在觉得这也不失为一种幸福。二十几年同床共枕至今，刚刚知道了妻子的肉体美而惊异的丈夫，感觉就像是新婚宴尔一样。尽管倦怠期都早已过去了，现在我却比以前更加热情百倍地溺爱妻子了。……

我又将妻子翻过身来，让她仰面朝上躺着。然后，贪婪地注视着妻子的身体，感叹不已。忽然我想到妻子肯定并没有睡着，只是在装睡。她最初是睡着的，可是中途醒了过来，被眼前的情景吓坏了，倍感羞耻而继续装睡。我认定是这么回事。也许这仅仅是我的妄想，但我非要这样想。这雪白而美丽的女人的肉体，像一具死尸般任我抚弄，实际上却完全是有意识的，这个念头给予我莫大的快慰。不过，假如她真的睡着了的话，我还是不把这恶作剧写进日记里为好。如果她确实在偷看我的日记的话，我这么一写，她以后很可能就不再喝醉了。……不，她不会不喝酒的，如果她不再喝酒，就证明她偷看日记了。只要她没有看这篇日记，就不可能知道在她昏睡的时候，我都干了什么。……

我从凌晨三点一直这样看了妻子的裸体一个多小时，还意犹未尽。当然并不光是在看。假如她是在装睡的话，我打算看看她到底能装到什么程度。我想要迫使她不得不装睡，并忍受到最后。我趁此机会，用尽浑身解数，一一尝试了她不愿意让我做的——用她的话来说，执拗的、令人羞耻的、下流的、非正统的各种动作。长久以来，我一直在心底渴望能有机会尽情地用舌头爱抚她那美丽的脚，现在终于得以实现。此外我还尝试了各种花样的，用她的口头禅来说，就是无法写进这里的令人羞耻的动作。我还亲吻了她的那个性欲点，想看看她有什么反应，结果不小心把眼镜掉在了她的肚皮上。当时她很明显地，眨了一下眼，就像醒来了似的。我也吓得慌忙关掉了台灯，使屋子里暗一些，然后，拿起炉子上的开水壶，倒了半杯水，又加了点凉水，兑成一杯温水，给她喂了一片鲁米那和半片卡屈沙。我给她喂药时，她半梦半醒地咽了下去。（这点药量也起不了什么作用。我并不是为了让她睡觉才给她吃药的，是觉得这样更便于她装睡才给她吃的）

　　等确认她睡着了（或许说像是睡着了）之后，我开始了实现最后一个目的的行动。今天晚上，我已然在毫无妻子妨碍下做足了准备工作，情欲高涨，异常亢奋，所以进行得非常顺畅，连自己都感觉吃惊。今天晚上，我变成了能够征服她的淫乱的强有力的男人，一扫往日的畏缩和无力。我今后也只能靠着频繁地让她喝醉才能顺利成事了。可是，尽管我已经行事了好几次，她依旧是昏睡不醒，就好像半梦半醒的样子。偶尔微微睁睁眼，眼神却是蒙蒙眬眬的。虽然手在慢慢移动，却跟梦游患者似的。她摸索着我的胸部、胳膊、脸颊、脖子、腿等，这是从未有过的。她一直是坚决不看也不碰必要之外的任何地方的。

从她嘴里说出"木村先生"这样的梦话就是在这个时候。虽然只说了一次，而且声音非常非常地小，我却听得很清楚。这是不是真的梦话呢？会不会是假装说梦话，故意让我听的呢？至今我也弄不明白。这句梦话包含着多种意思。她是迷迷糊糊地梦见自己在和木村做爱呢？还是假装做了这样的梦，以便把自己心里想的"要是能和木村先生这样该多好啊"的心情传达给我呢？或者是"让我喝醉了后，像今天晚上这样被你玩弄的话，我就会梦见和木村先生做爱的，所以不要再这样搞了"的意思呢？……

……晚上八点木村来电话，"后来太太怎么样了？我应该去探望一下的"。我告诉他："后来又吃了安眠药，现在还睡着呢。她没事，不用担心。"……

一月三十日。自醉酒以来，我还一直没有下床。现在是上午九点半。今天是星期一，丈夫好像三十分钟前出门了。出门之前他悄悄进来了一下，我假装睡着，他瞧了我一会儿，在我脚上吻了一下才走。

　　女佣进来问我好些了没有，我让她拿条热毛巾来，在室内的洗脸池里简单洗了脸，又让她拿来一杯牛奶和一个半熟的鸡蛋。我问起敏子，女佣说："小姐在房间里。"可是她没有进来看我。

　　今天我感觉好多了，下床已经没有问题了，但我还是在床上写了日记，静静地回忆前天晚上以来发生的事。前天晚上怎么会喝得那么醉呢？固然有身体的原因，但是，那瓶白兰地似乎不是平时喝的三星，丈夫那天新买来一瓶拿破仑干邑，标签上写着拿破仑白兰地。我觉得口感很好，不由得多喝了一些。我不愿意被人看见自己的醉态，一喝得难受就会躲进厕所里，那天晚上也是这样。我在厕所里待了有几十分钟呢？几十分钟？不对，大概有一两个小时吧？我一点也没觉得难受，只是有种恍惚的感觉。虽说意识模糊不清，也不是完全没有知觉，断断续续地记得一些。模模糊糊记得由于长时间蹲在厕所里，腰和腿都累得不行，不知不觉双手扶在了便池前边的地上，最后整个人摔倒在地上。我觉得自己浑身沾上了臭气，走出厕所后，大概是想要洗掉身上的臭气，也可能是觉得自己晕晕乎乎的，不想见人，好像直接去了浴室，脱掉身上的衣服。"好像"的意思就是，自己的记忆仿佛遥远的梦境中发生的事情那样模模糊糊，而后来的事就一点也想不起来了。（右胳膊上贴着创可贴，看来是请医生来给我打针了，请的是儿玉大夫吧？）

　清醒过来时，自己已经躺在了床上，清晨的日光洒进了卧室。记得时间是昨天拂晓六点左右，可是，后来一直都迷迷糊糊的，头疼得像要裂开似的，感觉身子沉沉地向下坠去，处于半睡半醒之间——不，昨天一天都处在既没有完全清醒，也没有完全睡着的中间状态。头虽然疼痛难忍，却感觉自己不停地在一个使人忘掉疼痛的奇怪的世界进进出出。那肯定是梦境，可是怎么会有那么鲜明、真实的梦境呢？起初，我感到自己的肉体达到了极度痛苦和快乐的顶峰，我惊异地发现丈夫从来没有这样强有力，这样精力充沛过。一会儿我又觉得压在我身上的不是丈夫而是木村先生。难道说，木村先生为了照料我留宿了？丈夫又去哪儿了呢？我怎么可以做这样不道德的事呢？……可是，使我飘飘欲仙的强烈快感，不容许我多加思考。夫妻生活二十多年，丈夫给予我的是多么乏味、多么差劲、多么平淡、多么无力、多么不舒服的感觉啊。现在回想起来，以前都不是真正的性交，现在才是真正的性交。是木村先生使我感受到的。

　　……我这么想着，渐渐又意识到这些感觉有一半是梦境，我以为搂抱我的男人是木村先生，其实这只是我在梦中的感觉，因为这个男人就是我的丈夫。——就是说，我渐渐明白了，尽管被丈夫搂抱着，却感觉是木村先生。大概是前天晚上丈夫把我送回卧室后，趁我昏睡之际，抚弄我的身体了。由于他的动作过于激烈，我曾一度清醒过来，——他由于太投入了，眼镜掉在我的肚子上，一阵冰凉，所以我猛地睁开了眼睛。——发觉自己身上的衣服都被脱掉了，一

030

丝不挂地躺在床上，暴露在落地灯和日光灯的明亮光照之下。——对了，可能是由于日光灯太刺眼才醒的吧。——不过我的意识并不太清楚，丈夫拾起掉在我肚皮上的眼镜戴上，换了个地方亲吻起来。我记得自己条件反射似的缩起身子，慌忙摸索着毛毯想要盖在身上。丈夫发现我快要醒了，就给我盖上羽绒被和毛毯，关掉了枕边的台灯，给落地灯罩上了黑布。——卧室里不该有日光灯的，准是丈夫从书房的桌子上拿来的。一想到丈夫在日光灯下仔细查看我的身体，并且欣喜不已时，——一想到连我自己都没有仔细看过的各个地方，却被丈夫看到，我感觉自己的脸都红了。丈夫肯定长时间地让我光着身子躺着，证据就是，怕我感冒，——也为了不让我醒来——炉火烧得很旺，屋子里特别地暖和。

现在回想起来，自己对丈夫这种行为，既生气又羞愧，但是当时头痛得顾不上这些。丈夫给我喂了咬碎的药片——大概是鲁米那或左吡坦之类的安眠药吧——我想要止疼，就老老实实地吃了药。于是，不久我又失去了意识，进入了半睡半醒的状态。我产生自己好像搂着木村而不是丈夫睡

031

觉的幻觉就是在那段时间。要说是什么幻觉？就是那种朦朦胧胧的、转瞬就会消失的、飘浮在空中的那样的情景，不过，我所看到的并不是那么舒服的幻觉。我刚才虽说"好像搂着……睡觉的幻觉"，其实，并不是"好像"，而是真的"搂着睡觉"，这种感觉现在还清晰地残留在我的胳膊和大腿上。这种感觉和被丈夫搂抱的感觉完全不一样。我伸出手紧紧抓住了木村先生年轻的胳膊，被压在他那富有弹性的胸脯下。我觉得木村先生的皮肤非常白，白得简直不像是日本人的皮肤。而且……真有些羞于启齿……反正丈夫也不可能知道这本日记的存在，当然不会看到了，我就如实写下来吧。……啊，丈夫能达到这个程度就好了，……他为什么就做不到这样呢？……非常奇妙的是，尽管我心里这么想，却一直隐约感觉到这个梦境……虽说是梦境，一部分是现实，一部分是梦境，……就是说，实际上，是丈夫压在自己的身上，而自己把丈夫当作木村先生了。如果是这样的话，整个过程的充实感……与丈夫迥然不同的力度，使我仍然觉得不可思议。……

……如果是那瓶拿破仑干邑能使我醉成那样，还能使我产生了那样的幻觉的话，我真希望今后经常给我喝那种白兰地。我必须感谢使我喝醉的丈夫。尽管如此，我在幻觉中看到的也许真的是木村吧？我从平时木村先生的穿着上也大致看得出来他的体形，可是从未见过他的裸体，怎么会在幻觉中见到呢？我空想的那个木村先生和现实中的木村先生完全一样吗？我想要真正见识一下木村先生的裸体，而不是在梦幻中。……

一月三十日。……中午木村往学校打来电话问："太太的情况怎么样了？"我回答："早上我出门时她还在睡觉，已经没事了。今天晚上来喝一杯吧。""这怎么行呢？前天晚上真是太危险了，先生也少喝一点吧。不过，我还是去看看太太。"

下午四点木村来了。妻子已经起来了，正在客厅里。木村说："我只待一会儿就走。"我使劲挽留道："今天请一定留下再喝一次，别走了，别走了。"妻子在旁边听了只是哧哧地笑，一点没有讨厌的神色。木村也只是嘴上这么说，却没有要走的意思。木村虽然不会知道，那天晚上他走了以后，在我们的卧室里发生了什么事情，（我在前天晚上天没亮时，就把台灯拿回二楼的书房去了），当然也不可能知道他自己出现在郁子的幻觉中，使她陶醉的事情，可是，他脸上呈现出想要让郁子喝醉的神色究竟是什么缘故呢？木村仿佛知道郁子内心的欲望，如果真是这样，那就是所谓以心传心吧？或者是受到了郁子的暗示吧？只有敏子我们三人一开始喝酒，她就很厌烦似的，匆匆吃完自己的饭，离开饭桌。……

　　……今晚妻子又是中途去了厕所，然后去了浴室（我家是隔天泡一次澡，但妻子吩咐女佣近一段时间每天都烧洗澡水。女佣是日工，所以每天都是放好了洗澡水就回去了，家里人自己点煤气。今天晚上是郁子估摸着时间点的），昏倒在浴室里。一切都和前天如出一辙。儿玉医生来给她打了一针樟脑液，此后的过程也和前天一样。敏子不愿意管了，木村帮了一会儿忙就回去了。夜里，我的行动也和前天完全一样。最奇怪的是，连妻子的梦话都一样。……她今天晚上也喊了一声"木村先生"。难道说她今天晚上也做了同样的梦，在同样的情况下梦见了同样的幻影吗？……我是否应该理解为是自己在被她愚弄呢？……

二月九日。……今天敏子要求搬出去住。理由是想要安静地学习，还说正好有一个合适的住家，才突然提出来的。那是一位法国老太太的家，在同志社教过敏子法语，现在是她的私人教师。老太太的丈夫是日本人，现在中风卧床，靠着老太太在同志社教课、兼任私人教师维持生活。自从丈夫卧床以来，除敏子外，她不让别的学生到家里来，全是她自己出去上课。家里只有夫妇二人，虽然房间不多，原来作为丈夫书房使用的一间八铺席房间现在没有人用，如果敏子能住进去的话，老夫人出门也就放心多了。家里有电话，也有洗澡设备。老夫人说，要是敏子能住进她家，真是求之不得。如果想要把钢琴搬来的话，就打算把房间地板下面垫上砖头，加固一下。电话可以接个分机，厕所和浴室要经过丈夫的房间，不大方便，所以，另外开辟一条可以直接进出的通道，这些只需要不多的经费就可以改造的。老夫人不在家的时候，一般很少有人给生病的丈夫来电话，即使有电话也一概不用理睬，不会让敏子受到打扰的。也许由于有这样的条件，房租也降低了一些，所以敏子才决定出去住一段时间吧。最近，隔三岔五木村就来我家喝白兰地，已经喝光了两瓶拿破仑干邑了。每次喝酒我都会晕倒在浴室里，敏子一定是厌烦极了。她也一定发现了深夜父母的卧室常常灯火通明，再加上日光灯的光亮，更觉得不可思议。不过，她光是因为这个缘故，还是另有隐情想要搬出去住，就不清楚了。我说："你去问问你爸爸的意见吧。他同意的话，我不反对。"……

二月十四日。……今天，木村趁妻子去厨房时给我讲了件新鲜事。

"你知道美国有一种叫作保拉罗德牌（polaroid）的照相机吗？这种照相机能够将拍摄的照片马上洗出来。像电视里拍摄了相扑的比赛之后，解说员在进行相扑技术解说时，胜出招数的瞬间会很快出现在静止画面上，就是靠的保拉罗德。其操作非常简单，和普通相机差不多，携带也很方便。如果用 strobe 闪光灯拍的话，不需要太长的感光时间，不用三脚架也可以。目前日本只有极少数赶时髦的人在使用，还没有普及。由于胶片是胶卷与相纸重叠在一起的，在日本不容易买到，都要托人从美国买了寄过来。我有个朋友有这种照相机，也有胶片，曾跟我说过，需要的话，可以借给我用用。"

听木村这么一说，我马上想到了它的用途，可是，木村怎么会察觉到，一告诉我这种照相机，我就会喜欢用它呢？真是不可思议。只能说明他对我们夫妻之间的秘密是明察秋毫的。……

二月十六日。……刚才，下午四点左右，发生了一件让我有点担心的事。我把日记本藏在客厅壁橱里的小储物柜抽屉里（这个抽屉除了我之外，别人没有碰过）一堆父母的旧信笺的最下面。我一般都是尽量等丈夫外出时写日记，但有时怕忘了想先写下来，或一时冲动想写点什么的时候，就等不到丈夫出门，趁他在书房里的时候写。书房就在客厅的上面，虽然听不见他的动静，但我大体能估计出他在干什么，是在看书还是在写东西，是在写他的日记还是在思考等，恐怕丈夫也一样能猜到我在干什么吧。上面总是静悄悄的，没有声响，但是有时候，上面突然静了下来，——我这么感觉——他似乎在屏息静气地倾听楼下客厅的动静。每当我一边留意着上面，一边悄悄拿出日记本，开始要写字时总有这种感觉，我想这并不一定是我多心。

为了不弄出声音来，我不用钢笔在一般的纸上写字，而是用细毛笔在轻薄柔软的线装雁皮纸①小本子上写日记。刚才由于我写得太投入了，放松了几秒钟的警惕心，谁知丈夫竟悄无声息地下来上厕所，经过客厅，上完厕所又上二楼去了，不知他是故意的还是偶然的。"悄无声息"只是我的主观感觉，也许丈夫只是为了上厕所才下来的，并没有别的意

---

① 用一种叫作雁皮的植物制作的日本纸。

思吧。也许他像往常一样走下楼梯，并没有轻手轻脚，只是我的精神太集中了，所以没听见脚步声的缘故吧。总之，直到丈夫下了楼梯，我才听见他的脚步声。当时我正趴在饭桌上写日记，听见声音，慌忙把雁皮纸本子和墨盒（为以防万一，我不使用砚台，而使用墨盒。这是父亲的遗物，是唐木做的，像是中国制造，很有古董的价值）藏到桌子底下。尽管桌子上什么也没有了，但是将雁皮纸日记本慌里慌张地藏起来时，他会不会听见了雁皮纸特有的哗啦哗啦的声音呢？我觉得丈夫肯定听见了这个声音。而且他一听到这个声音就会想到雁皮纸，由此他就会推测出我用这种纸在干什么吧？以后我可要多加小心，要是被丈夫找到了日记本，那该如何是好？只能重新换个藏匿之处，可是这么狭小的地方，藏在哪儿都难保不被发现。唯一的办法就是丈夫在家的时候，自己尽量不出门。最近由于整天昏昏沉沉的，我很少像以前那样频繁外出了，生活必需品都让敏子和女佣去锦市场购买。前几天，木村先生问我想不想去朝日会馆看新上映的《红与黑》，我倒是很想去，不过我必须想出一个对策来才行。……

　　二月十八日。……昨天夜里，我听见妻子发出了四遍"木村先生"的梦话。现在看来，这梦话毫无疑问是故意说出来的了。那么，她这么做到底是什么目的呢？如果她是想告诉我"我并没有真的睡着，只是在装睡"，那么究竟是"我不想以为是你搂抱我，希望是木村先生，只有这么想才会兴奋起来，其结果受益的还是你呀"的意思呢？还是"这不过是为了刺激你的忌妒心的手段，无论在什么情况下，我都是你忠实的妻子"的意思呢？……

　　……敏子今天到底还是搬走了，去了冈田先生的家。她住的房间和洗澡间之间有走廊连接，地板下面垫砖的工程大致完工了，只是电话分机还没有安好。虽然昨天郁子说今天是赤口①，日子不大吉利，等到二十一日大安再搬吧，可敏子还是搬了。除了钢琴晚两三天再搬以外，其他行李木村都

———————

① 阴历的凶日。除午时为吉时外，其余皆凶。

帮着搬走了。（郁子照例是从昨天夜里一直昏睡到今天早晨，到了傍晚才好容易起了床，所以没有帮着搬家）住址是田中关田町，从家里走去也就五六分钟的路。木村借宿的地方在百万遍附近，位于田中门前町，离关田町更近。木村顺便上楼来，站在楼梯时说了句"打扰一下"，然后走进书房，"我把照相机给您拿来了"。说完，放下那个照相机就走了。

二月十九日。……敏子的心理状态我实在把握不了。她对母亲是爱还是恨我判断不了，但可以断定，她对父亲只有恨。她似乎误解了父母的闺房关系，认为天生具有淫荡体质的是父亲，不是母亲。在她看来，母亲体质纤弱，不堪过度的房事，而父亲却勉为其难，甚至超出了常规，沉溺于莫名其妙的卑劣游戏，因此母亲才一直不由自主被诱惑的（其实是我有意引导她这样想的）。

昨天，她来拿剩下的行李，到卧室来跟我告辞时，警告我说："妈妈会被爸爸杀死的。"说完就走了。这可真是罕见，因为女儿和我一样不爱说话。尽管她似乎暗地里也在担心我的胸部疾患会因此更加恶化，才这么恨父亲的，可是这句警告在我听来却是充满了恶意和嘲弄，感觉不到从女儿的角度关心母亲的温暖的亲情。也许在她的内心深处有种自卑感，自己比母亲年轻二十岁，在容貌和姿色方面却不及母亲。她从一开始就说过讨厌木村，可是从母亲——詹姆斯·斯图尔特——木村先生——这样来推测的话，她会不会只是表面上装作讨厌他，而内心正相反呢？于是渐渐地对我抱有敌意了呢？……

　　……我尽可能不出门，可是说不准哪天有事必须外出呢。丈夫也说不定会在应该上课的时候突然回家来，怎么才能把日记本处置好呢？我煞费苦心地左思右想。如果藏不住的话，至少要想办法知道，丈夫是否趁我不在家的时候偷看了我的日记。我打算在日记本上做个记号，这个记号只有我能明白，而他看不出来。——不，或许他看得出来反而比较好吧。意识到自己偷看日记被妻子发现的话，以后就会谨慎小心些了吧。（虽说这么做多少有些不地道）——不管怎么说，这记号还真不容易做。用一次可能成功，但反复使用就

042

会被他钻空子的。比如把牙签夹在某一页里，一打开本子，就会啪嚓一声掉出来。即便第一次成功了，可是第二次的话，丈夫就会小心不让牙签掉出来的。只要记住是从哪一页里掉出来的，再放回原处就行了。（在这一点上，丈夫是非常阴险的）可是，如果每次都换一种方法，那简直是不可能的。经过反复思考，最后我想出了将有斜纹的透明胶带剪成合适的长度（差不多有三五厘米），选择封面的某一处，把日记本封上的办法。（透明胶带的长度和粘贴的位置，每次稍微变换一下）这样一来，打开本子时，势必要撕开胶带。一旦撕开，再用新的胶带准确地贴在原位上，虽说从理论上讲，不是没有可能，但却非常烦琐费事，很难做到。而且，撕开胶带时，无论怎样小心翼翼，都会在封皮的纸面上留下擦痕的。恰好我的日记本的封面就像那种在皇上诏书撒了一层胡粉①的纸，只要一揭下胶带，就会把周边的纸面一起撕下两三毫米来的。这么一来，丈夫偷看日记就必然得留下痕

————————

① 日本画使用的白色颜料。

迹了。……

二月二十四日。……敏子搬出去住以来，木村虽然没有像样的借口来我家了，但还是隔三岔五就来一次。有时我也打电话叫他来。（敏子每天照一面，每次只待一会儿）我已经使用了两次保拉罗德相机了。拍了妻子裸体的正面和背面、各个局部的特写镜头，还将四肢弯曲成各种姿势，从最富于挑逗性的角度来拍摄。要问我拍摄这些照片的目的，首先是我对拍照本身有兴趣。可以自由挪动睡眠中（或者说是假装睡眠）的女人的身体，摆出各种姿势，这令我愉快。其次是为了把这些照片贴在我的日记本里，这样妻子肯定会看到这些照片，她一定会惊异于自己从未意识到的自身的姿色美。再次是，使她理解我为什么喜欢看她的身体，从而赞成我——应该说是感激我这样做。（让她知道，今年五十六岁的丈夫对四十五岁的妻子的肉体如此着迷实在是罕见）最后是想要使她感到极度的羞耻，试探她到底装模作样到什么时候。

这个照相机镜头不太清晰，又没有焦距，只能靠目测拍照，像我这样的生手拍出来的肯定是模模糊糊的，加上木村拿来的又是过期的旧胶片（虽说最近新出了感光度很灵敏的这种相机专用的那种胶卷，但在日本很难买到），就更照不清楚了。再说每次都用闪光灯又不太方便，所以这个机械目前只能达到第一个和第四个目的，因此，我暂时还没有往日记本上贴照片。……

二月二十七日。今天是星期日，木村先生却于九点半来我家问我去不去看《红与黑》。现在考大学的学生们正忙于复习考试，所以教师们也很忙。进入三月后，反倒闲下来几天，可是，这个月每周都要在学校加几天班，给学生补课。回到宿舍后，也常常有校外的学生来请木村先生辅导。木村先生预感能力强，是押题的高手，据说他押的题准确率很高。木村先生的学问如何不好说，但在预感能力方面，我丈夫比他差得远了。……所以木村先生这个月只有星期日有空闲，可是星期日丈夫整天都在家，我不方便出去。木村先生来我家时，也叫了敏子，所以不一会儿，敏子也来叫我一起去。她的表情像是在说："我本来不想跟你们一起去，可是你们两个人去不方便，所以为了妈妈，我才勉强去的。"木村先生说："星期日不早点去就买不到票了。"丈夫也在一旁劝我说："我今天看家，你去吧。你不是总说想看《红与黑》这个电影吗？"丈夫劝我去也是考虑到了会是现在这样的状况，于是我们三个人一起出去了。

十点半入场，下午一点多散场。我请他俩到家里来吃午饭，可是二人都回自己的住处去了。丈夫说他一天都不出去，但是我回家不大一会儿工夫，他就出去散步了，从三点左右一直到傍晚都没有回来。

等丈夫一出门，我马上取出日记本，见透明胶带还贴在原处，猛一看，没有撕过的痕迹，可是用放大镜一看，仍然能够看出两三处细微的撕痕（看来他是相当小心地撕开的）。我设置了两道防线，除胶带外，还在某页里夹了一根小牙签。经过查看，小牙签也换了位置。现在可以确认丈夫偷看日记了。那么，这日记我以后是继续写下去呢？还是不再写好呢？

　　我正是由于不想让别人了解我的内心，想写给自己看才写日记的，现在既然知道被别人看了日记，就不该再写下去了。可是，所谓别人，毕竟是自己的丈夫，至少我们表面上是绝对不看对方日记的，所以还是应该继续写下去。就是说，今后可以用这个方法间接和丈夫进行交谈。不好意思面对面说的话，通过日记就能说了。只是我希望丈夫看了就算了，千万别明说自己看了。当然他一向就是看了也装作没看的人，不用我特意嘱咐。还有，丈夫怎么做我不管，我希望他相信我是决不会偷看丈夫日记的。我是个很守规矩的女人，绝对做不出偷看别人日记那样的事来，这一点丈夫比谁都清楚。我知道丈夫的日记本的所在，甚至偶尔也拿起来翻过，可是连一个字也没有看过，这可是千真万确的。……

　　二月二十七日。……正如我估计的那样，妻子在写日记。我有意没在日记里提及这件事，其实，从几天前我就有所察觉了。前两天的一个下午，我下楼上厕所，路过客厅时，隔着玻璃看见妻子姿势很别扭地伏在餐桌上。之前还听见类似雁皮纸的沙沙声，听起来不止一两张，好像装订成册那么厚，被慌忙塞进坐垫下面的声音。我家很少使用这种雁皮纸，我立刻就猜出来妻子拿这种不占体积、不易发出声响的纸张干什么用了。可是这几天一直没有机会证实，今天趁她出门看电影，我在客厅找了找，很容易就找到了。不过使我没有料到的是，她早已估计到了会被我发现，已经用透明胶带封住了口。女人就会干这种傻事。我真没想到她的疑心这么重。我不至于卑劣到连老婆的日记都要偷看，可是我现在偏要赌气看一看。我十分小心地去揭胶带，看看能否不留下痕迹。我想要告诫她一下"贴胶带也没有用，照样会被偷看的，还是再想想其他的办法吧"。结果还是失败了。我不得不佩服她计划的周密。我是相当小心翼翼地揭去胶带的，可还是在封皮上留下了痕迹。这才知道揭去胶带而不让她知道是不可能的。我想，胶带的尺寸一定是经过测量的，可我没留心给团成一团了，没法测量其长度了，只好靠着目测用同样长短的胶带给封上了，她不可能不发现的。不过，我必须解释一下，我虽然开了封，——虽然打开了本子，却连一个字也没有看。字写得那么细小，我这个近视眼看着太费劲了，这一点请务必相信我。只是我越说没看，她就越以为我看了。没有看却被误认为看了的话，似乎还是看了好，但我还是绝对不看。其实，我是害怕知道她在日记里怎样告白对木村的欲望的。郁子啊，求你千万别在日记里写这个。虽然我不偷看，你也不要把真实的想法写下来。即使说假话，也要这么写：现在只不过是利用木村作为刺激物，除此之外，他没有任何其他的价值。……

　　今天早上木村来邀请郁子去看电影，是我事先请他这么做的。我对他说："最近我在家的时候，郁子很少外出，什么事都吩咐女佣代劳，我总觉得有些不正常，你带她出去两三个小时吧。"敏子一起去是以往的惯例，可我还是难以理解她的心情。敏子很像母亲，却比母亲要复杂。也许她觉得我和世上其他父亲不同，对母亲爱得要比对她狂热得多，因此对我感到愤懑吧。如果她这么想就错了。我是同样爱她们二人的，只是爱的方式不同而已。没有一个父亲会疯狂地爱女儿。我一定要找个机会跟敏子解释清楚。

……今晚敏子搬出去后第一次四人一桌吃饭。照例敏子先离席，妻子喝了白兰地后又重演了那一套。夜深后木村回去时，我把保拉罗德相机还给了他。

我说："虽然不用冲洗，但每次要用闪光灯很麻烦，还是普通照相机好用一些。我想使用家里的蔡司伊康相机试试看。"

"拿到外面去洗吗？"木村问。

"要是请你帮我洗照片，方便不方便呢？"我虽然也有种种顾虑，但还是这么问道。

木村踌躇了一下说："在您家洗行不行啊？"

"你知道我拍的是什么照片吧？"

"不太清楚。"

"是些见不得人的照片，我不方便在自己家洗。而且还想要放大，家里又没有适合做暗室的房间。你现在住的地方能不能开辟一个暗室呀？这些照片对你是例外。"

"应该不成问题，我回去跟房东商量一下。"……

二月二十八日。……早上八点，妻子还在昏睡时木村来了。他说是去学校上班顺便来的。我还没起床，听见他说话声，就起床来到客厅。"先生，一切都 OK 了。"我一下子没反应过来，原来他指的是暗室那件事。房东近期不使用浴室，正好可以用来做暗室，浴室里还有自来水，用起来也很方便。我当即请他做好一切准备。……

三月三日。……木村虽然考试繁忙，但对这事比我还要热心。……昨天夜里，我找出好长时间没用的蔡司伊康相机，一晚上拍了一卷。木村今天也若无其事地到我家来了。然后走进书房里，察言观色地问我："照好了吗？"

说实话，此时我还未下决心是否把这个胶卷交给木村去冲洗。他已经多次见过郁子的裸体，除了交给他去冲洗之外没有更合适的人选了。但是他只不过是看见过郁子身体的某些局部，而且是短短的一瞬，看得不大清楚，更没有从各个角度仔细地看过那些挑逗性的姿势。所以交给他洗的话，对他来说会不会太刺激了？他如果就此止步当然好，万一超出这个界限怎么办呢？到了那个时候，始作俑者不是别人，正是我自己了。该受到责备的只能是我，而不是他。

再说这些照片要是被妻子看到了，会怎么想呢？她肯定会为丈夫瞒着自己拍照，还交给别人去冲洗而生气——也许是假装生气的。接下去，她可能会想，既然自己的裸照被木村看到了——而且是丈夫让他看的，那么她可能会以为这就等于丈夫同意自己和木村发生越轨行为。我也会由于想到这些而越来越妒火中烧。为了这种嫉妒和快感，我要冒这个险。

决定之后，我对木村说："请你把这个胶卷冲出来，绝对不要让别人参与，完全由你一个人来办。然后从中挑选一些有意思的放大。"木村内心非常兴奋，却极力装作平静的样子说道："好的。"便告辞了。……

三月七日。……今天又看见书架前掉了把钥匙，这是今年以来第二次了。上次是在正月四日的早晨。这次和上次掉在同一个地方，我想这一定有什么原因，便打开抽屉，拿出丈夫的日记本一看，谁知和我一样，也封着胶条呢。我明白，这是丈夫故意在表达"请务必看看"的意思。

丈夫的日记本是普通学生使用的作业本，看起来很容易就能揭掉胶条。我被好奇心所驱使，想试试自己能不能顺利地揭掉胶条。谁能想到，即便我这么小心，还是留下了痕迹。丈夫肯定会发现我看了日记。不过我可以发誓，里面写的什么，我一个字也没看。丈夫知道我不喜欢听下流话，故意以这种方式和我谈论这些，所以我更不愿意看了，太肮脏了。

我只是翻了翻，看看写了多少页了，当然这也是出于好奇心。丈夫的钢笔字写得细细的，神经质又潦草，宛如无数蚂蚁在爬，我只扫了一眼，便立刻合上了本子。忽然又想起，刚才翻阅时，隐约看见本子上贴着几张淫秽的照片。这些照片是哪里来的呢？为什么贴在日记本里呢？……是为了让我看吗？照片上的人是谁呢？

突然我的脑子里出现了一个令人厌恶的印象。前几天，半夜时我在梦中感到屋里突然啪地闪了几下。当时我以为是看到别人给我拍照的幻影，现在想起来，那很可能不是幻影，而是丈夫在给我拍照呢。我还想起他曾对我说："你不知道自己的身体有多美，我真想拍下来给你看看。"对，那几张照片肯定拍的是我。……

……我迷迷糊糊地感觉自己被脱光了衣服，如果那照片里的人是我的话，就证明那些感觉是真实的。在我清醒的时候，我是不会允许这样的，但睡着以后就无所谓了。虽然这是很无聊的嗜好，可是，既然丈夫喜欢看我的身体，我就该努力做个贤惠的妻子，忍受他这种做法。要是在封建时代，妻子是必须绝对服从丈夫的。况且我丈夫不做这些疯狂的游戏来刺激他自己的话，就不可能使我满足。我不仅是在尽义务，也是为了满足我自己无比旺盛的情欲。那么，丈夫是请谁去冲洗、放大呢？有必要这么做吗？这仅仅是恶作剧吗？一向嘲笑我"清高"的丈夫，是不是打算改造我呢？……

三月十日。……不知把这些事情写下来合适不合适，妻子看了会有什么结果，但坦白地说，近来，我感觉身心有些异样。当然没什么大不了的，只是有点神经衰弱。我的精力本来不比一般人差，可是中年以后，因疲于应付妻子旺盛的欲求，精力过早地消耗尽了。现在总觉得那方面缺乏欲望，不对，应该说欲望很强，只是力不从心。所以才采用种种不自然的、强迫的方法来给情感施加刺激，这才好歹与精力绝伦的妻子抗衡，可这样的状态到底能坚持多久呢？我甚至感到恐惧起来。

迄今为止的十年间，我一直被妻子的攻击所压倒，是个不堪一击的懦夫丈夫，但是，最近我变了。从今年开始，我很快学会了利用木村这个刺激物，还发现了白兰地这个灵丹妙药，托此二者的福，近来连自己都觉得不可思议地欲火焚烧起来了。而且为了补充精力，我去找相马博士商量，每个月补充一次男性荷尔蒙激素。可我还感觉不够，每隔三四天注射五百单位脑垂体前叶荷尔蒙。（这是瞒着相马博士的，是我自己的主意）然而我之所以能够维持旺盛的精力，比起药物来，恐怕主要还是精神的兴奋更起作用。对木村的嫉妒酿成激情，尽兴欣赏妻子的裸体而加速了性冲动，这些作用无休止地导致了我的疯狂。眼下我成了远比妻子还要淫荡的男人。一想到我每天都能沉浸在我梦寐以求的无上喜悦中，就为自己感到庆幸，同时也预感到这种幸福不会持久的，早晚会得到报应的。自己每时每刻都在消耗着生命，不，现在我已经在精神和肉体上感受到这种报应的前兆了。

上周一早上，就是木村去学校时顺便来我家的那天早上。我起床想要去客厅见木村，却发生了一件奇怪的事。我刚一坐起来，忽然觉得四周的一切，炉子的烟囱、拉门、隔扇、格子窗、柱子等东西的直线都成了双影。我以为是上了年纪眼睛花了的缘故，拼命揉眼睛，可是，不像是视力有问题。以前一到夏天，我常常由于脑贫血而发生轻度晕眩，但是这回和以前完全不一样。以往两三分钟就过去了，这回好长时间看东西还是双的，直到今天还没有恢复正常。虽说没有特别的不便和痛苦，却使人有种不祥的感觉。我本想去看看眼科，又觉得这不是单纯的眼科疾病，一定有更致命的病因，就不敢去了。而且，我觉得这多半是神经方面的问题引起的，有时身体还突然晃晃悠悠地失去平衡，走路忽左忽右，像要摔倒似的。

昨天还发生了一件奇怪的事。下午三点左右，我打算给木村打电话，却怎么也想不起来他所在学校的电话号码了，其实每天都给他打电话的。过去也有过一时想不起来的时候，但这次不像是这种情况，很像是丧失记忆，因为一丁点都想不起来了。我有些惊慌失措，又去回忆木村学校的名称，结果也忘记了。最让我吃惊的是，连木村叫木村什么都想不起来了。我家女佣的名字也忘了。妻子和敏子的名字好歹还没忘，可是去世的岳父、岳母叫什么都不记得了。敏子现在寄居的人家的名字——虽说还知道那是个嫁给日本人的法国老妇人的家，但她在同志社大学教授法语——也记不起来了。甚至连自己家的地址——只知道在左京区，还有后面的吉田牛——宫町却想不起来了。

我内心充满了恐惧，这样下去，发展严重的话，我的大学教授的职位也保不住了。不仅如此，连单独外出，与人交际都不可能了，那不就成废人了吗？虽说是失忆，好在只限于人名、地名等想不起来，还没有把所有的事情都忘掉。虽然想不起来那位法国老太太的名字，倒还知道敏子寄居在她家里这回事。看来只是脑子里传达人或物的名称的神经麻痹了，传达知觉的组织并没有全部麻痹。幸好这种麻痹状态只不过持续了二三十分钟，之后被阻断的神经又恢复了通畅，失去的记忆又回来了，一切都和往常一样了。在这段时间里，我强忍住对失忆会持续多久的担忧，对谁也没有说，别人也没有发现，——而且以后也没有再犯。可是对于不知什么时候会再犯的担忧，——对于失忆不只持续二三十分钟，而是可能持续一天、两天、一年、两年，弄不好持续一生的担忧一直萦绕心头。假使妻子看了我写的这件事，她会采取什么措施呢？大概会考虑到我的将来，多少控制一下以后自己的行为吧？不过以我的估计，这恐怕不大可能。她理性上虽然想控制，但她那永不知足的肉体不会听从理性的指挥，为了满足肉体的欲望将不惜置我于死地。"说什么哪？我以为你近来一直挺有精神的，看来还是撑不住了。是不是想让我稍微退一步而吓唬我呢？"——她很可能会这么想。不，其实是我已经控制不了自己了。我本来就害怕疾病，一向小心谨慎，但这件事，使我感受到活了五十六年才刚刚体味到的生命乐趣。从某种意义上说，我比她还要积极，还要不顾一切。……

三月十四日。……上午丈夫不在家的时候敏子来了，她神情严肃地说："我要跟妈妈谈谈。"我问她要谈什么。"昨天我在木村那儿看到照片了。"她盯着我的眼睛说道。我还是不明白她在说什么。"妈妈，无论什么时候，我都是站在你一边的，跟我说实话吧。"

她告诉我，昨天说好去木村那儿借法文课本，回家的时候就顺路去了他那儿。虽然木村不在，自己还是进屋从书架上拿出了那本书，看见里面夹着几张照片。

"妈妈，这些照片到底是怎么回事？"

"我不明白你在说什么。"

"为什么瞒着我呢？"

尽管我猜到她说的照片可能就是前几天我在丈夫日记

本里看到的那样的照片，照的是我那些不堪入目的样子。可是，一时间不知该如何跟敏子解释才好。我估计敏子把事情想得比实际情况还要恶劣，还要严重得多。她大概认为这些照片只能说明我和木村先生之间存在不正当的关系吧。为了丈夫和木村先生，也为了我自己，必须尽快做出解释，可是即便照实说出来，敏子又是否会相信呢？我想了想说了下面这番话。

"也许你不相信，可是，我的的确确是刚刚从你这儿才得知这些令我无地自容的照片的存在的。如果真有其事的话，也是你父亲在我昏睡的时候偷拍下来，木村先生只是受你父亲之托冲洗出来的。木村先生与我之间绝对没有越轨的关系。至于你父亲为什么使我昏睡，为什么拍这些照片，为什么自己不洗，让木村先生去洗，等等，随便你怎么想都可以。现在对你说这些话已使我无法忍受，不要再问我什么了。请你相信这一切都是按照你父亲的意思做的，我只是觉得要尽一个做妻子的义务，心里不愿意也只好服从。你也许理解不了，可是受旧式道德培养的妈妈只能这样做。如果妈妈的裸体能让爸爸高兴，妈妈会不顾羞耻地站在照相机前面的，更何况拍摄的人不是别人而是你爸爸自己呀。"

"妈妈，这是你的心里话吗?"敏子吃惊地问道。

"是的。"

"我蔑视妈妈。"敏子气愤地说。

我觉得让敏子生气很好玩，所以口气中也带了些夸张的成分。

"这么说妈妈是贞女的典范喽。"敏子难过的表情中浮现出了冷笑。

敏子说她简直无法理解爸爸让木村先生洗照片是一种什么心理，这样无缘无故污辱妈妈，使木村先生苦恼实在太过分了。

我说:"你最好不要参与进来。你说爸爸污辱了妈妈，真是这样吗? 妈妈并没有这种感觉呀。这是因为你爸爸至今依然非常爱妈妈。我想你爸爸大概是希望让自己以外的男人也看看，尽管到了这个年纪，妈妈的肉体仍然那么年轻美丽吧? 虽然他这样做似乎有些病态，但我能理解他。"

——我觉得有必要维护丈夫，变得比平时能言善辩起来。丈夫如果看了这篇日记，一定会了解我这一番苦心的。

敏子说："可是事情真是这么简单吗？爸爸明知木村先生对妈妈的心思还这么做，实在太恶毒了。"

我无言以对。敏子还说，木村先生把照片夹在那本书里并不是因为不小心，一定是有什么缘故，或许是想让敏子从中起某种作用吧。她还谈了对木村先生的一些看法，但为丈夫着想，在这里不写为好。……

三月十八日。……因为去参加佐佐木的回国晚宴，十点多才回家。女佣说妻子傍晚出去还没回来，我想她是去看电影了，便去书房写日记。十一点多妻子还没回来。十一点半敏子来电话说："请爸爸到我这儿来一下。"

"什么地方？"

"关田町。"

"你妈妈呢？"

"她就在这儿。"

"这么晚了，你让她回家吧。女佣刚刚回去了，我现在一个人在家。"

敏子突然压低声音说："妈妈倒在浴室里了，把儿玉医生请来也行。"

"你那边有谁？"

"有三个人。详细情况回头再跟你说，最好马上进行注射，要是爸爸来不了，就请儿玉医生来吧。"

"不用请儿玉也行，我去给她注射。你来这边看家。"

最近家里总是常备樟脑液，所以不等敏子来，我就出了门。（我脑子里突然划过了一个闪念，害怕这种时候自己再次出现前几天那样的失忆）我虽然知道关田町的地址，可是没有进去过。到了那里，敏子已在大门口等候，马上领我穿过院子，来到厢房里，然后说了一句"我去看家了"就走了。

"让您担心了。"木村跟我打了个招呼。

我没有询问木村什么，木村也没做任何解释，双方都有些尴尬，于是我马上开始准备注射。钢琴前面的榻榻米上铺着被褥，妻子静静地躺在上面。旁边的小饭桌上杯盘狼藉。

妻子的衣服挂在枕边墙上的衣架上。这衣架是敏子平时挂衣服用的，装饰有假花和绸带。妻子身上只穿着一件长内衣。妻子穿着喜好华丽，那件长内衣显得尤其艳丽。也许是由于在这样特殊的场合和时间关系吧。脉搏和以往这样的时候一样。

"是我请夫人和小姐来寒舍小坐的。"木村说道。

尽管已经大致擦拭过了，妻子身上还有些潮气，长内衣贴在身上。内衣带子也没系好。与以往不同的是，头发散乱着，内衣的衣襟湿漉漉的。以往在自己家的浴室晕倒时，头发都梳得整整齐齐的，从没这么散乱过。我想这也许是木村的嗜好。木村似乎对这里很熟悉，帮着我从浴室拿洗脸盆、烧开水、消毒针头等。

……过了一个小时后，我对木村说："不能让她躺在这里。"

"房东早就睡了，他们好像什么也不知道。"木村说。

脉搏平稳多了，我决定还是带她回家，让木村去叫来一辆车。

木村背过身来说:"我来背夫人过去吧。"

我抱起妻子放到木村背上,又从衣架上取下和服和外褂给她披上。我们穿过院子来到大门外,木村将妻子背进车里。这是一辆小车,木村坐在前面。妻子的内衣和衣服上都浸透了白兰地味儿,车里充满了酒气。我让妻子横躺在自己怀里,脸埋在她冰凉的头发里,握着她的脚,亲吻着。(木村应该看不见,但也许能感觉到)

木村一直帮着送进卧室后说:"先生,今天的事,请一定要相信我。您可以去问小姐。我现在可以回去了吗?"

"好。"我只说了一声。

木村走后我想起了敏子在这里看家,便去客厅和敏子的房间找她,没有人。刚才我和木村把妻子抱下车来的时候,还看见她在大门口转悠呢。大概是在我们进去的时候,没打招呼就回关田町去了。我先去书房,匆匆写下了今天发生的事。我一边写一边想象着几小时后即将品味到的种种快乐。……

三月十九日。……直到拂晓我都没合眼。昨晚的事件意味着什么呢？思考这件事有种令人恐怖的快感。木村、敏子、妻子都没有给我任何解释，或许因为还没有机会解释，也因为我不希望马上听到。我更喜欢在听到解释之前，自己一个人想象。自己随意想象着是不是这么回事啊？不对，大概是那样的吧？就这样想入非非，被嫉妒和愤怒烧灼着，无穷无尽地发酵出旺盛的淫欲。如果弄清了事实，快感反而会消失的。

黎明时分，妻子又开始不停地说那句梦话，声音时高时低，断断续续地说了一次又一次。就在这声音不间断地持续的时候，我开始了。……我的嫉妒和愤怒一瞬间全消失了。妻子是昏睡的，还是清醒的，还是装睡的，我都顾不上了。甚至连自己是自己还是木村都分不清了。……我感觉自己突然进入了四维空间，一下子到达了一个非常非常高的地方，也许是登上了忉利天之巅。过去的一切都是幻影，只有这里才是实在。只有我和妻子两人站在这里拥抱在一起。……也许我即将死去，这一瞬间就像是永恒。……

三月十九日。……为了慎重起见，我想把昨晚的事详细写下来。昨晚我知道丈夫有事回来晚，就事先对丈夫说："我们也可能去看电影。"四点半木村来了，敏子五点左右才来。

"你怎么这么晚才来？"我问她。

"现在去时间不当不正的，我看还是吃完饭去比较好。妈妈，今天我请客，去我那儿吃饭吧。你还从来没在我那儿过过夜吧？"敏子说道，"我想请你吃火锅。我刚才去百目买来年糕了。"她双手拎着蔬菜、肉、豆腐，叫我和木村跟她走。"这个我就拿走了。"还顺手拿起了一瓶剩着大半瓶的拿破仑干邑。

"酒就别拿了。今天你爸爸不在家。"

"可是这么丰盛的饭菜，没有酒多没意思啊？"

"别麻烦了，回头要去看电影，简单点儿好。"

"火锅就很简单呀。"

在钢琴前面把两个小桌并在一起，上面放上煤气炉（火锅和煤气炉都是跟房东借来的）后就开始吃了。令人吃惊的是，材料比以往多得多，而且特别丰盛，除了葱、魔芋粉丝、豆腐外，还有面筋、生豆皮、百合、白菜等。——敏子故意不把材料上齐，一点一点地，吃完就上，没完没了。年糕感觉不像是百目的。由于一直没上主食，我和木村自然又喝起了白兰地。

"难得小姐给斟酒啊。"木村说道，他也比平时多喝了几杯。

"电影怕是赶不上了吧？"看着火候差不多了，敏子说道。

我也喝得晕晕乎乎的，不能去看电影了。不过，虽说如此，并没有感觉喝得那么过量。我一向是这样的，由于喝的时候尽量不表现出醉态，所以，在一定限度内，很正常，可一旦过量就会突然失态。起初我还在提醒自己，今晚有可能被敏子灌醉，同时，也不无一些期待——或希望——的心情。我不知道木村和敏子是否预先就安排好了，我想就是问她，她也不会告诉我的，所以也不问她。

木村也担心地说："先生不在，喝酒合适吗？"不过，他近来酒力见长，便和我互相敬来敬去地喝个没完没了。

我觉得虽然丈夫不在家，但和木村喝酒并不违背丈夫的意志，木村可能也是这么想的。而且我这样来刺激丈夫，是为了使他幸福。尽管如此，决不能说刺激丈夫是我唯一的目的。不过，由于心里很坦然，就多喝了几杯则是毫无疑问的。

另外今天我还要强调一下，我虽然并没有爱上木村，但喜欢他是事实。其实距离爱上他只差一步之遥了。虽说是为了引起丈夫的嫉妒，才必须发展到这个地步的，但是如果根本不喜欢木村的话，是不可能到现在的程度的。迄今为止我和他之间一直划着一条严格的界限，自己努力不越过它，可是，我预感到今后万一不小心就会越过它的。我希望丈夫不要过于相信我的贞操。为了满足丈夫的欲求，我已经经受了最大限度的考验，再超过这个限度就没有自信了。

……而且，我总是在半梦半醒的幻觉中看到裸体的木村先生。……我弄不清到底是丈夫的裸体还是木村先生的裸体，……我产生了一种好奇心，要是能在不受丈夫打扰的情况下，亲眼看一次真实的木村的裸体就好了。

我忽然觉得晕眩起来，就躲进了厕所。

"妈妈，今天的洗澡水烧好了，等房东太太洗完后，妈妈就去洗吧。"敏子在厕所外面说道。在我的意识深处已经朦胧地感觉到了，只要一泡进浴缸我就会晕倒，到那时，抱起我的人恐怕不是敏子而是木村先生吧。"妈妈，好不好？去泡个澡吧。"我朦胧记得敏子又来说了一两次。过了一会儿，我自己慢慢摸索到了浴室，打开玻璃门，脱了衣服，之后就完全失去了意识。……

三月二十四日。……昨晚妻子又在关田町喝醉了。昨天晚饭后，他们两人来找妻子去看电影，十一点过了也没回来，我开始怀疑他们并不是去看电影。由于时间太晚了，本想打电话给敏子，又觉得这么做太愚蠢，就等他们打过来。（等待时的焦灼、烦躁以及期待那一时刻的兴奋心情，真是无法形容）

十二点多敏子一个人来了，她让出租车等在外面，进来对我说："妈妈又喝多了。看完电影（虽然这么说，谁知是真是假），我和妈妈把木村送到他的住处后，木村非要送我们回去，就三个人回到了关田町，进了屋。我给他们沏了红茶，可是，上次喝剩有四分之一的白兰地就放在壁龛前，于是他们你一勺我一勺地喝了起来，不一会儿又换成了高脚杯，直到喝光为止。昨天晚上又恰巧烧好了洗澡水，结果就发生了和以前一样的情况。"——敏子的解释有点像在辩解。

"你来这儿，就剩他们两人了？"

"是啊。我屋子里没有电话，这么晚，去上房打电话不太合适。再说反正你也需要车，就费了好大劲叫了一辆来。"敏子用她那特有的充满恶意的眼睛望着我。"上次运气好，这次好半天都没等到车。我在马路边站了半天，大半夜的，一辆车也没有。我只好走到鸭川出租车铺，把司机叫醒，才坐车来的。"然后没等我问，就自言自语地加了一句："我离开家差不多有二十多分钟了吧。"

我知道敏子话里有话，却故意装糊涂说："辛苦你了。就请你在这儿帮忙看着家。"然后我拿了注射器，坐上那辆车就走了。

我还是搞不清楚这一次他们三人是在何种程度上合谋的，但可以肯定敏子是主谋。可以想象她是有意把他们俩留在家里，自己在路上耽误二十分钟（也许不止二十分钟或三十分钟吧，肯定磨蹭了一个小时才来的呢）才来的。我尽量不去想象在我赶到关田町之前的这二十分钟乃至一个小时中，在那间屋子里会发生什么事。

　　妻子穿着和前天晚上一样的长内衣躺着。墙上的衣架上挂着她的衣服。木村端来一盆热水。妻子看上去不省人事，似乎比上次醉得还厉害，但是我心里很清楚，昨天晚上她是装出来的，而且特别明显。她是在演戏，其实她的意识是清醒的。她的脉搏也很正常，这种时候，要是真给她注射，那我就太愚蠢了。所以，我只给她打了针维生素代替强心剂。木村发现了，小声问道："先生，这样行吗？"

　　"行，没关系，今天好像不太严重。"我依然注射了维生素。……

　　……妻子反复喊着"木村先生，木村先生……"声调也和以往不同，不是呓语的感觉，而是很有底气的、如泣如诉般的、呼唤般的叫喊。快到高潮时，叫声愈加响亮了。突然，我感觉她咬住了我的舌尖……然后又被她咬住了耳朵……这样的动作是从来没有过的。……一夜之间，把妻子变成如此大胆、积极的女性的人是木村。一想到这里，我在疯狂地嫉妒他的同时，也很感激他。也许还应该谢谢敏子。具有讽刺意味的是，敏子想让我痛苦，结果却让我高兴。……她一定想象不到我心理变态到了什么地步。……

　　……昨夜体力消耗过大，今天早晨我感到头晕得厉害。我看她的脸、颈、肩、臂等都是双重的，在她的身子上面仿佛还有另一个她重叠着似的。后来我又睡着了，梦中见到的妻子也是双重的。起初是整个身体都仿佛是双重的，后来恍惚看见她的身体的每个部分都飘散在空中，眼睛有四只，和眼睛并排有两只鼻子，距离两尺高的地方有两个嘴唇，而且颜色都特别地鲜艳。天蓝色的空间，黑色的头发，鲜红的嘴唇，纯白的鼻子……这些黑色红色白色的颜色比她本人要鲜艳得多，就像电影馆里浓艳的海报上涂了油漆一样刺眼。我全神贯注地盯着这个梦境，一边想，梦见这样浓艳的色彩正是自己神经衰弱太严重的证明。她的两只右脚，两只左脚，就那样漂浮在水中，皮肤白得耀眼。可是，这千真万确是她的脚。而她的脚心却和她的脚并排漂浮着。我的眼前突然被一个又白又大的峰顶积雪似的东西遮挡住了，原来是我以前拍下来的那样形状的臀部正对着我。

……几个小时后又做了别的梦，先是木村光着身子站在那里，项上的人头一会儿变成木村，一会儿变成我，一会儿木村的头和我的头又都从一个身体里长出来，而这个怪物也变成双重的了。……

三月二十六日。……就这样，在丈夫不在的地方，我和木村见过三次面了。昨晚我看见壁龛前放着一瓶新买来的白兰地，就问敏子："是你买的？"

"不是我。"敏子否认道，"昨天回来的时候就有，我想是木村买的。"

"不是我买的。"木村也否认道，"肯定是先生买的，我猜得错不了。真是别有用心的恶作剧啊。"

"要是爸爸买的话，可真够可以的。"

他们俩你一句我一句地说着。

虽然丈夫极有可能悄悄把酒放在这儿的，但我不敢肯定。敏子或木村买的可能性也不是绝对没有。星期三和星期五房东太太都要去大阪讲学，十一点才回来。上一次，敏子也是在我们喝酒时就不见了，她去了房东太太的房间，（我是第一次写这件事。我怕被丈夫误解，一直没敢写，现在也用不着顾虑了）而昨天晚上也是早早不见了她的影子，房东太太回来后，她们还聊了一会儿天。我不太知道失去知觉后的情况，但是无论醉到什么程度，我还是坚守了最后的防线，我至今没有勇气越过它，我相信木村先生也是一样。

木村先生对我说：是我把一部照相机借给先生的。这是由于自己知道了先生喜欢让夫人喝醉看她裸体的缘故。而且先生并不满足于一般的照相，还使用特写镜头来拍摄。这似乎是为了细致入微地观察夫人的肉体，但我觉得他的真正目的是使我痛苦。他让我冲洗照片来尽量使我兴奋，使我忍受诱惑的煎熬，从中获得快感。不仅如此，当他知道我的心情已经被夫人察觉，夫人也和我一样痛苦时，也从中感受着乐趣。我虽然憎恨使我和夫人如此痛苦的先生，却不想背叛先生，我看到夫人痛苦，我想要和夫人一起痛苦，来加深这个痛苦。

我对木村先生说，敏子发现跟你借的法语课本里有我的那些照片，她说这不像偶然夹在里面的。大概有其他的用意。这是怎么回事啊？

木村先生说，我是为了让小姐看见，这样小姐就会为我们主动做些什么了。我并没有教唆小姐。我知道小姐的性格比较阴险，这样的话，或许能够导致十八日晚上那种情况，仅此而已。二十三日晚上和今天晚上都是小姐导演的，我只是跟着做。

我说，我和你这样单独谈话这是第一次。我和丈夫都没有这样谈过。对于你和我的关系我丈夫从未过问过，也许是没有勇气问，也许是仍然相信我的贞操吧。我也想要相信我的贞操，而我的贞操还是可以相信的吧？能够回答这个问题的只有你木村先生。

木村说，请您相信我，除了最要紧的一处之外，我触摸过夫人身体的各个部位。先生想要使我和夫人之间接近到一纸相隔的程度，我理解他的用意，所以一直是在这个范围内接近夫人的。

我说，啊，这我就放心了。难为你使我能够保持贞操，实在不容易。木村先生说我憎恨我丈夫，其实我对丈夫有恨也有爱，越恨也就越爱。他不把你夹在中间，不使你如此痛苦就无法燃起情欲。如果这一切都是为了使我愉悦，我就更加不能背叛他了。可是木村先生能否也这么想呢？我觉得丈夫和木村是一体同身的，他里面有你，你里面有他，你们两人其实是一体的。……

三月二十八日。今天去大学眼科检查眼底。我本来不想去，在相马博士的一再劝说下才不得不去了。医生说晕眩是脑动脉硬化造成的。因此才会脑充血，发生晕眩和复视的现象，甚至会昏迷。医生问我半夜起来小便时，动作激烈时，改变体位时是不是经常感到头晕，我说是的。医生说失去平衡，觉得自己要摔倒或坠落下去是耳内血脉运行阻塞所致。

去内科，也是相马博士给我做了检查。生平第一次量了血压，还测了心电图，检查了肾脏。相马博士说，没想到血压这么高，今后要多加注意。我问他高到什么程度，他不肯告诉我，只说高压 200 以上，低压 150 左右，高压低压之间差距小不是好现象。你不能光注意补充荷尔蒙，但是与其吃补肾的药，更应该多吃降压药。另外，冒昧地提醒你一下，要节制房事，少喝酒，少吃刺激和辛辣的食物。相马先生还给我开了好几种降压药和维生素，让我每天坚持服用，还嘱咐我以后也要经常注意量血压。

我故意把这些写进日记里，看看妻子有什么反应。我暂时把医生的忠告放在一边。只要妻子没有什么反应的话，事情就会照旧发展下去。照我的预想，妻子看了这些日记也会装作没看见，越来越淫荡吧。这是她的肉体注定的命运，而且，到了这个地步我也没有退路了。

从前天晚上以来，那种时候妻子的态度突然变得积极了，主动采用了种种技巧迎合我，这就越来越使我欲罢不能。

在那种时候她依然是默不作声，默默地用各种动作来表现爱情。她总是装作半睡半醒的样子，所以，没有必要关灯了。她那含羞带娇的醉态简直美得难以形容。

开始我是相隔一段时间才让木村接触妻子，可是随着逐渐习惯了这一刺激，便觉得不能满足了，于是一点点缩短木村和妻子接触的间隔时间。越缩短间隔，嫉妒越增强，嫉妒越增强，从中获得的快感就越多，使我达到最后的目的。这是妻子的希望，也是我的希望，于是就这样不加节制地持续了下来。

从正月以来已经三个月了，我竟然能够与病态的妻子抗衡这么长时间，不能不佩服我自己。我是多么爱妻子，现在她该明白了。今后怎么办呢？怎么样才能进一步燃起情欲呢？照这样下去又会感到不够刺激了。我已经使他们二人陷于与通奸相差无几的境地了。我仍旧对妻子坚信不疑。还有没有其他既不有损妻子的贞操，又能让他们更加亲近的好办法呢？虽然我在思考，而他们说不定会比我先想出好办法来的，他们中也包括敏子。……

我说过妻子是个诡计多端的女人，而我是个比她还要阴险的男人。阴险的男人和女人生出来的敏子，当然是个阴险的女儿，这没有什么可奇怪的。然而比我们三人更阴险的就是木村。这四个阴险的人凑到一起会发生什么事就可想而知了。而最最罕见的，应该说是阴险的四个人正在一边相互欺骗，又一边同心合力地朝着一个共同的目标迈进。也就是说，尽管每个人心怀鬼胎，但在企图使妻子尽可能堕落下去，朝着这个方向拼命努力这一点上四个人却是共同的。……

三月三十日。……下午敏子来找我出去，在岚山电车的终点大官和木村会合，三个人一起去游岚山。这是敏子的提议，难得她能想到。学校放假了，木村有空闲时间。我们沿河边散步，租了个小艇朝岚峡馆方向开去。在渡月桥附近休息后，游览了天龙寺。好久没有呼吸清新的山野气息了，以后要经常来。丈夫从年轻时就光知道读书，很少带我来这样的地方。傍晚往回返，在百万遍站下车后，三人各回各的家了。今天玩得很痛快，晚上也不想喝白兰地了。……

三月三十一日。……昨天晚上，我们夫妇俩没喝酒就睡了。半夜，在耀眼的荧光灯下，我故意将左脚伸到被子外面。丈夫马上发觉了，便钻到了我的床上，没有酒力可借，却在明晃晃的灯光下成功地行了事，这还是第一次。这个奇迹使丈夫异常兴奋。……

……关田町的房东太太、我丈夫现在都放假，一天到晚在家，丈夫每天出去一两个小时，在附近散步。虽说是去散步，但另一个目的是让我有机会偷看他的日记。丈夫说"我出去走走"时，在我听来就是"趁这个工夫看我的日记吧"。他越是这样，我越不看，不过，我倒是应该给丈夫制造偷看我日记的机会。……

三月三十一日。……妻子昨天晚上给了我一个惊喜。她没有喝酒，也没要求关灯，而且主动用各种方法挑逗我，鼓励我。万万没想到她学会了这么多技巧。……这一突然变化意味着什么早晚都会弄明白的。……

由于晕眩太厉害了，我又去儿玉的医院检查血压。儿玉脸上现出了惊讶之色。他说血压计已经量不出血压了，他让我马上停下一切工作，绝对休息。

四月一日。……敏子领来了裁缝河合女士。此人既教授剪裁西服，也私下承作西服女装。由于不用交税，所以比市价便宜二三成。敏子总是请她做衣服。我除了学生时代穿过校服外，从没穿过西装。我喜好古雅，身材也适合穿和服，再说都这个年纪了，还穿什么西服啊。可是在敏子的怂恿下，也想做一件试一试。

这事当然瞒不住丈夫，但我还是不好意思让丈夫知道，就让河合女士今天下午，趁丈夫外出时到家里来。布料和式样都由敏子她们去定。只是我的腿有些弯曲，要她把裙子做得稍微长一些，差不多膝盖下2厘米。河合女士说，您的腿算不上弯曲，西洋女人也有很多和你差不多的。她们让我看了各色布料，最后给我推荐了一种银灰色和豆沙色混织的布料，——并推荐了一种适合我的款式，我同意了。费用加起来不到一万圆，但是还要配皮鞋、首饰。……

四月二日。下午外出，傍晚回家。

四月三日。上午十点外出，去河原町Ｔ·Ｈ鞋店买鞋，傍晚回家。

四月四日。下午外出，傍晚回家。

四月五日。下午外出，傍晚回家。

四月五日。……妻子近来变化很大。几乎每天下午（有时是上午）一个人出去，四五个小时后回家，晚饭和我一起吃。她不想喝白兰地，只喝点啤酒。现在木村正放假，也许是和木村在一起。不知他们到哪儿去消磨时间。今天下午两点多，敏子忽然来了，问我："妈妈呢？"我说："她这个时间一般都不在家，没去你那儿吗？"她也很纳闷，说："好几天没见到木村和妈妈了，他们去哪儿了呢？"其实我知道她和他们是串通一气的。

四月六日。……下午外出，傍晚回家。……最近我天天出门。我出门时，丈夫一般都在家，把自己关在书房里看什么，——桌子上摊着书，他摆出一副看书的架势——实际上大概一个字也没看进去。我猜他的脑子里一定是充满了对我出门这段时间去做什么的好奇心，根本没有心情看书。在这段时间里，他肯定会到楼下来，找出我的日记偷看的。可是不巧，我日记里对这些天的行踪一点都没有记录。我故意把这几天写得很暧昧，只写了"下午外出，傍晚回家"。

我出门前，总要上楼去，把书房隔扇拉开一条缝，告诉他一声："我出去一会儿。"然后，悄悄地像逃走似的从楼梯下来。或者，只站在楼梯上打个招呼就出去了。丈夫也从来不回头看我，只是轻轻点个头，即使说了什么也听不见。

当然，我并不是为了给丈夫提供偷看我的日记的时间才出去的，我是到某个地方和木村先生约会去了。至于为什么要和他单独见面，是为了能在白天健康的阳光照射下，在没有白兰地的酒味儿干扰时，触摸一下木村先生的裸体。在关田町敏子的住处，我虽然有机会和木村先生单独在一起，可我总是在关键的瞬间——相互拥抱的时候醉得不省人事。我在一月三十日的日记里写了"我在梦中见到的是不是真正的木村先生呢？"又在三月十九日的日记里写了"我觉得那裸体一会儿变成丈夫，一会儿变成木村先生，我真希望在不受丈夫干扰下，亲眼看看木村先生的裸体"。这些疑问和好奇心至今未得到满足。我一定要在没有丈夫这个媒介的情况下，在意识清醒的时候，在白天的阳光下，而不是在明晃晃的日光灯下看一看真正的木村先生的裸体。……

……这实在太令人兴奋，太奇妙了，我在现实中确认的木村先生本人，和今年正月以来我在梦中多次见到的木村先生完全是一模一样。我曾写过"抓住木村先生年轻的胳膊，被压在他那富有弹性的胸脯下。""木村先生的皮肤非常白，白得简直不像日本人的皮肤。"现在我亲眼看到的木村先生果然是这个样子。我现在确确实实地抓住了他那年轻的手臂，紧挨着他那富有弹性的胸脯，紧贴着他的不像日本人的白皙皮肤，但我还是不能相信，我的幻觉竟然和现实如此一致。我在梦中想象的木村先生的影像与真人完全吻合，这不像是偶然的。难道是前生缘定，他早已进入我的记忆中了吗？或者是木村先生有神通，能够使他自己的样子进入我的梦境吗？

……看到了现实中的木村先生后，我才分清了丈夫和木村先生是完全不同的。我要正式收回我曾说过的"丈夫和木村先生是一身同体，他们两人你中有我，我中有你，二人是合二为一的"这句话。我丈夫只是和木村先生瘦削的外形相似，其他毫无共同之处。木村先生外表瘦削，但裸体时，他的胸脯很厚实，浑身充满了健康的活力。而丈夫却显得骨骼脆弱，血色不足，皮肤缺乏弹性。木村先生的皮肤白里透红，细腻而有光泽，而丈夫皮肤暗黑，干硬而粗糙。我虽然对丈夫一直是爱憎参半，但是最近对他却越来越厌恶了。……啊，我怎么会嫁给一个和自己在性方面合不来的、令人厌恶的男人呢？如果换成木村先生当我的丈夫该多好，现在我只能终日叹息了。……

……即便到了这个程度，我也没有越过最后一道界限。——我这么说，不知丈夫是否相信。不过，他信也好，不信也好，都是事实。其实"最后一道界限"是非常狭义的、不折不扣的最后一道界限。因为除此之外，差不多能做的都做了。在封建家庭长大的我，脑子里因循守旧的形式主义根深蒂固。我的潜意识认为无论精神上怎么样，只要肉体上不进行丈夫挂在嘴头的传统的性交，就不算破坏贞操。因此，我只是保住形式上的贞操，采用其他方法做我想做的就可以了。具体就不好在这里细说了。……

四月八日。……下午去散步，沿着四条路的南边从河原町方向往西走去。从藤井大丸往前走了几条街时碰见了妻子。妻子在一个商店里买了东西，正从商店里出来。在我前面十几步远，朝西走去。我看了看表是四点半。从时间上看妻子应该要回家，恐怕她先发现了我，为回避我才改变了方向的。我平时都在东山一带散步，很少到四条这边来。她肯定想不到会在这儿碰见我。

我加快脚步，缩短和她之间的距离，已经离得很近了，但只要我不喊她，她是不会回头看我的，我们就保持这个距离往前走。路过她买东西的商店时，我往里看了一眼，是个妇女饰品店，里面网眼手套、耳环、项链等装饰品琳琅满目。一向不穿西服的妻子来这种商店干什么呢？这时我才注意到，走在前头的妻子耳朵上挂着一副珍珠耳坠。她是从什么时候开始有了这种嗜好呢？我联想起上个月她开始经常穿一件茶色短外罩，今天也穿着它。她向来保守，不喜欢赶时髦，不过现在看她这样装扮，也挺顺眼的。尤其使我吃惊的是，那副耳环也非常适合她。我忽然想起芥川龙之介曾在哪本书里写过，中国妇人的耳垂后面，很白，很美。我看见妻子的耳垂后面也是白皙的，很好看，连耳朵四周的空气都清新起来了，珍珠和耳垂相互辉映着，这么妙的搭配想必不是妻子自己想出来的。我又产生了嫉妒与感谢互相交织的心情。虽然妻子有这样异国情调的美，作为她的丈夫没能发现，却被别人发现令人遗憾。做丈夫的总是喜欢看已经看惯的妻子的样子，所以，才会比外人迟钝。

　　……妻子穿过乌丸路，继续往前走。她左手提着手包和一个细长扁平的包装盒，那里面装着什么呢？走过西洞院时，我横穿电车路，去了路北，以便让她知道我不再跟踪她了，并故意紧走几步超过了她，一直往前走，然后上了从四条堀往东去的电车。

　　……我回家大约一个小时后，妻子也回来了。妻子的耳朵上已没有了珍珠耳环，大概是摘下来放进手包里了吧。那个包装盒虽然还提着，在我面前却没打开它。……

　　四月十日。……丈夫在他的日记里好像写了些有关他那令人忧虑的身体情况。他对自己的头脑和身体是怎么想的呢？我在一两个月前就发现了他身体的异常。他本来脸色就不太好，最近尤其显得灰暗。上楼下楼时常趔趄。他的记忆力本来很好，可是最近非常健忘。我听见他给别人打电话时，常常想不起熟人的名字而不知所措。有时他在屋子里走着走着，突然站住，闭着眼睛抓着柱子发呆。为了写一些郑重的信件时，需要在卷纸上写毛笔字，可是字也写得越来越差。（书法应该是越到老年越练达）错别字、丢字落字也多起来。我看到的仅限于信封上的字，但日期和地址总是写错，而且错得特别离谱。把三月写成十月，连自己家的地址也老写错。还把叔父的名字"之介"写成"之助"，令人吃惊。更有甚者，应该写"四月"，结果写成"六月"，又把"六"字划去，认真改写成"八"字。如果日期和地址写错了，我会悄悄地改了之后寄出去，但是把叔父的名字写成"之助"却始料未及，只好若无其事地提醒他，把"之介"写成"之助"了。每当这时候，我丈夫总是狼狈，却装作平静地说："是吗？"并不打算马上改过来，就原样放在桌子上。信封上的错字我可以检查，问题不大，可是，谁知道里面的信会错成什么样子啊？

丈夫的脑子有些不正常这事儿，好像已经在他的朋友和知己中传开了。我没有别人可以商量，前几天去找儿玉先生，请他给丈夫检查一下。他说："我也正要跟夫人说说这件事呢。"据儿玉先生说，丈夫自己也感觉不安，曾经去相马博士的医院做过检查，博士说情况很严重，他便找儿玉先生商量，儿玉不是这方面的专家，也不好下诊断，只是说："血压高得令人吃惊。"

我问："有多高？"

"我不知道该不该告诉太太，"儿玉先生犹豫了一下说，"您丈夫的血压已经突破最高毫米汞柱了。血压计都快损坏了，就赶紧停了下来。可是，不知道这种情况到底有多长时间了。"

"我丈夫知道吗？"

"尽管相马博士再三警告过先生，但先生还是不注意，所以我就直言不讳地把病情的严重性告诉了先生。"（既然儿玉先生已经提醒过丈夫了，写在日记里也没关系了，我才第一次写了这件事）

丈夫陷入这样的境况我负有很大的责任。如果我不是如此不知满足地要求他的话，他也不会陷入如此淫荡的生活中。（我和儿玉先生讲这些事时，羞愧得满脸通红。好在儿玉先生并不了解我们夫妻生活的真相，以为我是完全被动的，主动的是丈夫，完全是由于丈夫的不节制才导致了今天的结果）在丈夫看来，这一切都是为了让妻子快乐而导致的后果。我不打算否认这一点，但是一直以来，我作为丈夫忠实的妻子也同样尽了自己的义务，为了让丈夫高兴，忍受了自己所不能忍的。用敏子的话说"妈妈是贞女的楷模"，这当然是仁者见仁，智者见智。……只是现在讨论谁是谁非，追究哪一方的责任都毫无意义。关键的问题是，有一种无形的力量在迫使丈夫和我一直拼命地互相煽动、互相教唆、互相损耗生命，以致发展到如此严重的地步。……

我不知该不该把这些都写下来，丈夫看到后会有什么后果。其实，并不只是丈夫的身体状况值得担忧，我的身体情况也和他差不了多少，今天我想还是把这些写下来。我感觉身体不适是从今年正月底开始的。当然以前，在敏子十岁时，我咯过两三次血，被诊断为二期肺结核，被医生警告过，谁知后来竟然不治而愈了。所以，现在我也不大放在心上。——是的，当时我不听医生的劝告，不注意保养身体。我并非不怕死，是我淫荡的血液不允许我顾及它。我回避死的恐怖，而委身于性的冲动。丈夫对我的大胆和莽撞十分惊讶，一边为我担忧，一边被我勾引。运气不好的话，我很可能早就死掉了，不知什么缘故，我那样不爱惜身体，竟然会好起来。

　　——这回，正月底我又有了预感，时常胸口发痒、发热，不舒服。二月的一天，吐出了和上次发病时一样的鲜红色的血痰，虽然量不多，也吐了有两三次。最近好一些了，不过早晚还得犯。有时我感觉身体倦懒，手心和脸上发热，肯定是发烧了，可我也不量体温，（只量了一次，是三十七度六，以后再没量过）也不想去医院。还经常出盗汗。虽说有上次的经验，觉得这次也不会怎么样的，但也不是一点儿都不担忧。上次医生说过，幸亏太太的胃口相当好，才有抵抗力的。一般人都会瘦弱下来，像太太这样食欲不减真是少见。可是，这次和上次不同的是，时不时觉得胸口疼，一到下午就感觉疲惫不堪。（为了抗拒这种疲劳感，我更加接近木村先生，这是我忘记疲劳的需要）上次胸口没有这么疼，也没有感觉这么疲劳。或许这次会恶化下去，以致发展到不可救药的地步吧。我总觉得这次胸口疼得很不妙。而且，从消耗体力来说，也远远超过了上一次。听说这种病最忌讳过量饮酒，而我从正月以来喝了那么多白兰地，病情不恶化才怪呢。现在回想起来，我之所以会常常喝得烂醉如泥，也许是某种潜在的自暴自弃的心理在作怪，觉得反正自己也活不长了。……

四月十三日。……我预料妻子外出时间大约会从昨天开始改变，果然如此。因为木村的学校开学了，白天约会不大可能了。前些日子她吃完午饭就出去，这一两天哪儿也没去。昨天傍晚，五点左右敏子来了。于是，仿佛商量好了似的，妻子马上站起身来，开始换衣服，我在二楼也猜得到。

妻子上楼来，站在隔扇外面对我说："我出去一会儿，马上就回来。"

我像以往一样只"嗯"了一声。

妻子下了几级楼梯，站住又补充说："敏子来了，晚饭你和敏子一起吃也行。"

"你在哪儿吃啊？"我故意问道。

"我回来以后再吃，你们等我回来一起吃也行。"

"我先吃了。你在外面吃了回来吧。晚点儿回来没关系。"我答道。

我忽然想看看妻子今天是什么打扮，就突然出了书房，往楼梯上看。她已经走下了楼梯，那副珍珠耳环昨天已在家里戴上了。（她没有想到我会到走廊里来）左手戴着白色网眼手套，右手正在戴手套。我猜想，前几天她买的东西可能就是这副手套。冷不丁被我这么一瞧，她非常尴尬。

"妈妈，这副手套很适合你。"敏子说。

……六点半多女佣来通知晚饭准备好了，我下楼来到客厅，敏子在等我。

"你没走啊，晚上我自己吃也行。"

"妈妈说，偶尔应该和爸爸一起吃吃饭。"

我觉得她好像有话要对我说。的确，我很少和敏子两人单独吃饭。说起来，晚饭时，妻子是很少不在家的。妻子近来虽然时常外出，但晚饭总是在家吃的，外出一般都是在晚饭前或晚饭后。大概是这个缘故，我总感觉有些失落，内心好像出现了一块空白。我从来没有这样伤感过。敏子在这里，反而更增强了这种空虚感，觉得她在这儿很多余，不过，这或许正是敏子早已计划好的。

"爸爸，你知道妈妈去哪儿了吗？"刚开始吃饭，敏子就说道。

"我怎么知道，我也不想知道那么多。"

"去大阪了。"她干脆地说道，等着看我的反应。

我本想冲动地说出一句什么，终于忍住没说，只是淡淡地说道："哦，是吗？"

"从三条乘旧京阪特快四十分钟到京桥，再步行五分钟就到那个旅馆了。要不要我告诉你详细地址？"敏子问我，我如果再沉默下去，她就会说出来，于是我说道："知道详细地址干什么用。你怎么会知道地址呢？"我变了个话题。

"是我把这个旅馆介绍给妈妈的。木村说京都太惹人注目，问我离京都不太远的地方有没有合适的场所，我就问了我的一个精通此道的朋友，是这个朋友介绍的。"说到这，敏子问我，"爸爸，喝点儿吗？"给我斟了杯拿破仑干邑。

最近我尽量不喝白兰地，昨天晚上吃饭时，敏子拿出来一瓶白兰地。我为了掩饰自己的窘态，喝了一口酒。

"问句不该问的话，爸爸你对这事怎么看呢？"敏子追问道。

"什么怎么看呀？"

"如果说妈妈至今没有背叛爸爸，你相信吗？"

"你妈妈跟你谈过这些吗？"

"妈妈没跟我说过，我是听木村先生说的。他说太太现在还对先生保持着贞操呢。我才不会相信他这套瞎话呢。"

敏子又给我斟了满满一杯，我一仰头喝干了。我觉得自己能无止境地喝下去。

"你相信不相信是你的事。"

"爸爸怎么想呢？"

"这还用问，爸爸当然相信郁子了。即便木村说他和郁子发生了关系，我也不会相信的。郁子是不会欺骗我的，她不是那样的女人。"

"哼，"敏子冷笑了一声，"可是，假如并不发生关系，而是用比发生关系更肮脏的方法来达到某种满足……"

"住口，敏子。"我申斥道，"不许信口开河。对父母不是随便什么都可以说的。你说出这种话，才不可救药，才是肮脏的。我这里没什么事，你赶快回去吧。"

"我走。"

说着，敏子把盛了一半饭的碗"啪"地往饭盆里一撂，站起来走了。……

……被敏子戳到了痛处，我的心情半天平静不下来。敏子直言不讳地说出妻子他们"在大阪"时，我觉得仿佛心口猛然抽搐了一下似的，好半天都缓不过来。其实，我并非一点儿都没有想到，只是尽量不去往那方面想象而已。现在冷不丁听别人一说，吓了一大跳。不过，地点在大阪倒是没想到。那是个什么样的旅馆呢？是普通那种雅致的旅馆，还是情人旅馆或更加鄙俗的温泉客店那种地方呢？……我越是尽量不去想，那个旅馆的样子，室内的空气，二人搂抱在一起的景象越是在眼前浮现出来。

……"问了精通此道的朋友"？——我不由得联想到廉价公寓里四四方方的一间小屋子，总觉得他们是睡在床上，而不是榻榻米上。不可思议的是，我希望他们睡在床上而不是睡在铺了被褥的榻榻米上。——"用极不正常的方法"——"用比发生关系更肮脏的方法"——使我想象起各种姿势、各种动作来。——我忽然产生了疑问，敏子为什么突然告诉我这些呢？我怀疑这不是她自己的意思，而是她母亲让她这么说的。我不知道郁子在日记里写了这些没有，大概她怕自己写了而我没有看，（或假装没看）所以有必要通过敏子强行告诉我，以便得到我的认可吧。最关键的——也是最让我担心的是——郁子现在大概已把一切都毫无保留地献给木村了，所以才借敏子之口求得我的谅解的吧。敏子说"我才不会相信他这套瞎话呢"。这是不是郁子让敏子这么说的呢？

……现在回想起来，我在日记里写"她是女性中极其罕见的器具拥有者"是个错误。这句话还是不写在日记里的好。她怎么能够抗拒得了将这罕见的器具去找别的男人试验一下的好奇心呢？……我一向坚信妻子的贞操的理由之一，就是无论什么情况，妻子从来不拒绝和我做爱。即便她出去和他约会后回来的晚上，也从没有惧怕过丈夫的要求，甚至表现得很主动。我把这看作她没有和他做爱的证据，可是，别的女人或许是这样，而我的妻子下午做过这事后，晚上照样可以做，——她的体质可以使她这样连续很多天，也不厌倦。一般的人和自己爱的人做爱后，和不爱的人做爱是件难以忍受的事，而她却例外。她虽然拒绝我，但她的肉体是来者不拒的。即便想要拒绝，也抵抗不了诱惑，甚至会无上欢喜地去接受。这就是淫妇之所以为淫妇的道理，却被我忘得一干二净。……

　　昨天晚上妻子是九点回家的。十一点我进卧室的时候，她已经躺在床上了。……她的积极主动大大出乎我的意料，使我只有招架之力。她在闺房中的态度、举动、方式都无可挑剔。其媚态的程度，陶醉的火候，渐渐达到高潮时的技巧把握等都证明了她是全身心投入的。……

四月十五日。……我自己都感觉自己的头脑变得越来越迟钝了。正月以来，我抛开了所有的事情，一心取悦于妻子。不知不觉间除了淫欲之外，对其他任何事情都不感兴趣了。思考能力完全衰退，一件事想到一半就想不下去了，头脑里浮现出来的全是有关和妻子睡觉的种种妄想。过去，无论什么场合我从没有荒废过读书，可是现在，终日无所事事地闲待着。不过，出于长期养成的习惯，我照样坐在书桌前。眼睛虽然看着书，其实一个字也没看进去。加上眼睛发花，书上的字都是双的，老是看串行。

　　现在的我成了夜间才活动的动物，变成除了搂抱妻子之外一无所能的动物。白天在书房里时，感觉浑身倦懒，同时又有种莫名其妙的不安感。出去散步可以稍稍缓解紧张的心境，可是散步也渐渐困难了，因为晕眩常常导致行走困难，走着走着就要往后仰倒下去。所以出去散步也尽量不走太远，而且专拣人少的地方走。在百万遍、黑谷、永观堂一带，我就拄拐杖，还不时坐下来休息，打发时间。（脚力日渐虚弱，多走一点就觉得疲惫不堪）……

　　……今天散步回家后，见妻子和裁缝河合女士在客厅说话。我正要去客厅喝茶，妻子说："你先不要进来，上二楼去吧。"我瞅了一眼，看见她正在试穿洋装，她一再叫我上楼去，我就上楼，去了书房。不一会儿，听见妻子在楼下对我说："我出去一下。"就和河合女士出去了。我从二楼的窗户往下看，看着二人走远了。妻子穿着西装，这是我头一次见她穿西装。原来前几天戴耳环就是为了这个呀。不过说实话，妻子并不适合穿洋服。和矮墩墩的河合女士相比，妻子优雅的体形应该穿得出样来，可是总感觉不大协调。河合女士已经穿惯了西装，也很会穿，妻子则有些做作，不那么相称，服装、身体和首饰就像是拼凑到一起似的。最近时兴把和服穿出洋服的样来，妻子却相反，把洋服穿出了和服的感觉。

　　透过西装可以看出她那适合穿和服的身段。溜肩膀，尤其是罗圈儿腿很不好看。尽管腿很细，但膝盖以下至脚踝部分向外弯曲，穿上鞋后，脚脖子和小腿的接合点显得圆鼓鼓的。而且体态、手的摆动、走路姿势、脖颈及肩部、腰部的晃动都显示出和服的柔顺、松弛。然而在我眼里，她这风摆荷叶般随心所欲的姿态，弯曲而不美观的腿形却显得格外妖艳，这种不可思议的妖冶在她穿和服时是显现不出来的。我一边目送妻子远去的背影——尤其是裙子下面露出的令我着迷的弯曲美，一边想象着今晚要做的事。……

四月十六日。……上午去锦市场买东西。我已经很长时间没有亲自去买过东西了，本来亲自去买食品是我的习惯。——最近所有的家务事都托付给了女佣，觉得有些对不住丈夫，作为主妇太失职了，所以今天自己出去采买。（不过，对于我来说，还有比去采买更要紧的事要做。也就是好多为了让丈夫高兴的工作在等着我，所以老是抽不出时间去锦市场了）我在常去的蔬菜店买了一些竹笋、蚕豆和豆角。看见竹笋我想起今年到底还是忘记去赏花了。记得去年我和敏子二人，沿着疏水边从银阁寺步行到法然院去，边走边赏花。那一带的樱花大概也谢得差不多了吧。可是，今年的春天何以过得如此匆忙不堪呢？一转眼两三个月就像做梦一样过去了。……十一点回家把书房的插花换了新。新插的花是木村先生的房东太太今天从庭院里给我摘的含羞草。

丈夫好像刚刚睡醒，我插花的时候，才从二楼上下来。丈夫本来是早睡早起的人，近来常常睡懒觉。

"你刚起床？"

"今天是星期六啊？"丈夫说道，"那么，明天你一大早就出门吧？"丈夫说话的声音还带着睡意。（其实他已经清醒了，因为惦记这事才这么说的）我不置可否地、含糊其词地答应了一句。……

两点时，来了个素不相识的男人。他说自己是石冢医院的指压治疗师。我很纳闷，不记得请过这个医院派人来呀。这时女佣出来说："是老爷让我打的电话请他来的。"

真是稀罕，丈夫向来讨厌让不认识的人揉胳膊捏腿，所以从没有请过按摩师之类的人。据女佣说，前几天老爷说肩部酸痛，连扭脖子都疼，她就告诉老爷有个指压师技术高超，劝老爷请他来治治看，还一个劲儿劝老爷说，据说神奇极了，一两次就能彻底解除疼痛。后来老爷疼得受不了，就让她把指压师请来了。

这位指压师五十岁上下，其貌不扬，瘦瘦巴巴的，戴着副墨镜。我以为是盲人，看样子又不像。我不小心叫他"按摩师傅"，女佣慌忙对我说："叫按摩师傅他要生气的，请叫他先生。"

他让丈夫躺在床上，自己也上床，进行按摩。虽说他穿着干净的白大褂，我总觉得挺脏的。我不愿意让这么个男人上我们圣洁的床。怪不得丈夫讨厌按摩师呢。

"您的肌肉太紧张了，我马上就给您放松。"他这种卖弄的口吻十分滑稽。

从两点揉到四点，揉了有两个小时。

"再揉一两次就不疼了，明天我再来。"说完便回去了。

我问丈夫："有效果吗？"

"好像好些了，揉得我浑身嘎吱嘎吱响，难受得很。"丈夫说。

"他说明天还来按摩。"

"再让他揉一两次试试吧。"看来他的肩疼够厉害的。

四月十七日。今天对丈夫来说，是发生了重大事件的一天，当然对我来说也是重要的一天。从某种意义上说，今天的日记会成为终生难忘的回忆。我要把今天发生的事情，毫不掩饰地全都如实写下来，不过，还是不要操之过急为好。暂时不要把我今天从早到晚是在哪儿、怎样度过的等详细写出来比较明智一些。总之，今天这个星期日，我是怎么度过的，早已不是新鲜事了，我不过是又重复了一次而已。

我去大阪的老地方和木村先生约会，像以往一样愉快地度过了星期日的半天，也许这次更胜于以往任何一次吧。我和木村玩遍了各种游戏，只要木村要求我做的，我都为他做。他让我怎么扭动，我就怎么扭动。我摆出在丈夫面前根本不可能做的破天荒的姿势，怪异的体态，甚至杂技演员的姿势。（什么时候我练就了这套自由自在地运用四肢的本领的，连自己都觉得惊讶，这些也都是木村教会我的）每次从在那家旅馆一见面，直到临分别前的一刻，我们都不说一句没用的话，分秒必争地投入这件事中。

今天，木村突然问我："郁子，你在想什么？"他敏锐地觉察到了我刹那间的表情变化。（木村早就管我叫"郁子"了）

"没什么。"我嘴上这么敷衍，其实，刚才我看见丈夫的面容从我眼前掠过。怎么会在这个时候想起丈夫呢？真是不可思议，我拼命想抹去这个幻影。

木村猜透了我的心思，说："我知道你想到了先生，不知怎么回事，我刚好也想到了先生。"

木村还说："好长时间没敢打扰府上了，我想最近应该去拜访一下先生。最近给老家写了信，让他们给先生寄些乌鱼子来，也许还没有寄到。"说到这儿，两人又沉浸到享乐的世界中去了，现在回想起来，一定是某种预感在作怪。

……五点我回到家时，丈夫出去散步还没有回来。听女佣说，今天指压师来过了，从两点治疗到四点半，比昨天延长了半个多小时。他说："虽说肩膀酸痛这么厉害说明血压过高，但光靠吃药不见效，无论请多么了不起的大学的大夫看也不会马上治好。不如放心地交给我来治疗，我保证能治好。我不仅会按摩，还会针灸。先做一段时间按摩，如果不见效，再做针灸，治头晕一天就见效。"等等。还说："尽管血压高，但是关于紧张，频繁测量也不太好。越是担心，血压就越高。许多人血压高到200到二百四五，照样该干什么就干什么。不要老担心血压，少量的烟酒也不碍事。您的高血压绝对不是恶性的，肯定会好的。"云云。

丈夫对这个男人非常满意，让他每天都来，还说要暂停看医生。

六点半丈夫散步回来，七点开始吃饭。晚饭是笋尖汤、腌蚕豆、豆角炖高野豆腐，都是我昨天买的菜，叫女佣做的。另外还有60目①左右的牛排（虽然医生说要多吃蔬菜，少吃含脂肪过多的食物，但是，丈夫为了和我抗衡，每天都要摄取一些牛肉。牛肉火锅、牛油烧烤、烤牛肉等，但最爱吃的还是烤得半生不熟的牛排。由于是出于需要而非嗜好，如果不吃便感觉不安似的）——牛排的火候不好把握，所以

---

① 1目=3.75克。

只要我在家，一般都是我来做。乌鱼子终于寄来了，也摆上了桌。

我说："有乌鱼子，要不要喝一点？"可是拿来拿破仑干邑后，却没喝多少。前几天，我不在家吃饭那次，丈夫和敏子吵嘴，已经喝得差不多了。只剩下够一人一杯的了。吃完饭，丈夫上二楼的书房去了。

十点半，我去二楼告诉丈夫洗澡水烧好了。丈夫洗完澡，我也洗了洗。（这是我今天第二次洗澡，白天在大阪已经洗过了，没有必要洗了，只是为了在丈夫面前做做样子才洗的。这已经不是第一次了）

我进卧室时，丈夫已经上床了，见我进来，马上拧亮了地灯。（丈夫最近除了做那件事以外，不喜欢在卧室里开大灯。因为动脉硬化也影响到他的视力，看周围的景物时，在明晃晃的照明下，会出现二重三重的重影，使眼睛受到强烈刺激，以致睁不开眼睛。所以，卧室里一般都开着昏暗的灯，只有那个时候才把日光灯都打开，而日光灯的数量也比以前增加了，一旦全部打开，极其耀眼）丈夫猛然间在明亮的灯光下看见我，吃惊地眨巴着眼睛。原来我洗完澡后，灵机一动，没摘耳环就上床了。我故意背对着丈夫以便他能看清我的耳朵后面。我这一小小举动，尝试了一下从来没有在丈夫面前做过的事，使丈夫立刻兴奋起来。（虽然丈夫说我是世间罕见的淫妇，但是让我说的话，没有比丈夫更加欲求没有止境的男人了。从早到晚丈夫无时无刻不在想着那件事，我的一个极其微小的暗示，他都会立刻出现反应。只要让他有缝可钻，他绝不会放过）

　　不一会儿，我感觉丈夫上了我的床，从身后抱住了我，疯狂地吻我的耳朵，我闭着眼睛没有拒绝。……我任凭这位无论从哪方面都很难说曾经爱过的"丈夫"爱抚我的耳朵，却不感到不快。和木村相比，他的亲吻是那么笨拙，但他的舌头的感触并不让人那么讨厌。——怎么说呢，他那股让人厌恶的感觉同时也带有某种甘甜的味道。我的确从心里厌恶"丈夫"，可是见到这个男人为了我如此地疯狂，也使我对挑动他更加疯狂产生了兴趣。这就是说，我能够把爱情和情欲分别来对待，一方面疏远丈夫，——他真是令人作呕的男

110

人，我怀着这样的感觉，把这个男人勾引到欢喜的世界中去；另一方面也使自己不知不觉地进入了那个世界。开始我自己发出的冷静，一门心思想着如何才能搅乱他的心绪，以此为最大的乐趣，不怀好意地旁观他濒临发狂地气喘吁吁的样子，陶醉于自己的手段之巧妙，然而在挑逗他的过程中，自己渐渐地也和他一样喘息起来，和他一样痴狂起来了。

今天晚上我也一一重复了白天和木村做的那套痴情动作，因为我对于将丈夫和木村进行比较，体味一下究竟两人哪些地方不一样发生了兴趣。——结果，和白天的男人比起来，丈夫的技术拙劣得让人怜悯，然而不知怎么搞的，做着做着不知不觉地我却和白天一样兴奋起来了，像拥抱木村那样使劲拥抱了这个男人，紧紧搂着他的脖子。（正如他所说的，这正是淫妇之所以为淫妇之处）我记不得紧紧拥抱了他几次，不过，就在我持续了几分钟的快活，做完了那事儿后，丈夫的身体猛然瘫软在我的身上，我马上意识到情况不妙，叫了他一声，他只是含含糊糊地嘟囔着什么，黏黏的液体滴落在我的脸上。他张着嘴，涎水往下淌着。……

四月十八日。……我马上想到了儿玉先生讲过的，在这种时候必须注意什么。我轻轻将自己的身体从他的身子底下抽出来，（他的身体一旦松弛下来，似乎一下子增加了很多重量，死沉死沉地压在我的身上。我尽量使他的头部不晃动，费了老大劲，慢慢将自己的脸从他的脸下面退了出来。对了，他的眼镜很碍事，所以先要把它摘掉。于是乎，他那半睁着的眼睛，面部肌肉完全松弛了的"摘掉了眼镜的脸"便呈现在我的眼前，差点没把我给吓晕过去）下了床，小心翼翼地一点点把趴在床上的丈夫翻了过来，让他面朝上躺着。又在他的上半身下面垫上了枕头和靠垫，稍稍架高他的头部。他的身上除了戴着眼镜外什么也没穿，（我当时也是除了耳环外浑身一丝不挂的）但是考虑到他的病情，不宜移动，就让他这么光着，只给他盖上了睡衣。

——看样子他是左半边身子麻痹——我抬头看了看书架上的表，是夜里一点零三分。我又关掉日光灯，只留着床头的小台灯，还在灯罩上遮了块布。我给敏子和儿玉先生打了电话，请他们马上过来，还嘱咐敏子来的路上买2贯①冰块儿。（我觉得自己是很镇定的，但是，握着话筒的手微微颤抖着）大约过了四十分钟，敏子来了。我正在厨房找冰袋和冰枕时，她提着冰进来了。她把冰放进水池边的木板上，以锐利的目光迅速扫了我一眼，瞧瞧我是什么表情，然后若无其事地凿起冰块儿来。我简要地跟她说了说爸爸的病情，她表情平静，一副见怪不怪的样子，只是"嗯，嗯"地点着头，继续她的凿冰作业。然后我们俩去了卧室，把冰袋和冰枕放在他没有麻痹的身子那边。我们俩谁也不说话，互相也不看对方。——尽量不去看对方。

两点儿玉先生来了。我让敏子留在卧室里，然后去外面接待儿玉先生，并给他介绍了丈夫发病的经过，——把对敏子不好说的情况都说了出来，说着说着我的脸又红了。

儿玉先生的检查非常仔细而慎重。"借用一下手电筒。"

---

① 重量单位，1 贯 =3.75 公斤。

他用手电筒照了照瞳孔，检查对光照的反射。然后又问："有没有像筷子那样的小棍儿？"敏子去厨房拿来一支筷子给他，"请把大灯打开"。我打开了日光灯。儿玉先生用筷子头儿在两个脚掌上来回刮了好几遍，（据他后来告诉我，这叫做巴比斯基氏反射测试。用小棍儿一摩擦，哪只脚趾条件反射地出现弯曲，那么就知道是另一边出现了脑出血。你丈夫右半边的脑子里很可能有出血的地方）然后儿玉先生掀开病人身上的被子，又把盖在病人身上的睡衣卷到了下腹部。（这时儿玉先生和敏子才注意到病人是光着身子的。丈夫的下半身暴露在明亮的灯光下，他们两人都吃了一惊，而我更是尴尬得要命。我简直不敢相信，就在一个小时之前，我的身体还和这个人的身体重叠在一起呢。他常常看我的裸体，甚至拍了几十次照，可我还从来没有在这个角度从容观察过他的整个裸体呢。他光着身子的时候总是紧贴着搂抱我，不让我看到他的全身。他对于我的身体各个部位都了如指掌，恨不得连多少毛孔都数得清，可是，我对他的身体，却不如对木村那样知道得那么清楚，而且也不想知道。因为我害怕知道了以后会更加厌恶他了。原来我一直和这么瘦弱的人睡在一起啊，真是太不可思议了。他总说我的罗圈儿腿，其实他的腿比我还要罗圈儿呢，从他趴在床上的姿势就能看得出来）然后儿玉先生把病人的腿分开一尺五六寸的间隔，能够清楚地看见睾丸。接着又用那根筷子在睾丸根部两侧的皮肤上，像刚才那样摩擦起来。（后来他告诉我这是为了观察连接睾丸的肌肉的反射情况）交替着来回摩擦了两三遍。右边的睾丸缓慢地像鲍鱼蠕动似的上下移动着，左边的睾丸却没有一点儿动静。（我和敏子都不知道该往哪儿看才好，最后敏子出去了）最后又检查了体温和血压。体温正常，血压190多。这是由于脑出血而导致的血压下降。

儿玉先生坐在床边的椅子上观察了一个半小时，其间从胳臂的静脉里抽取了一百毫升血。注射了加了甘油茶碱、维生素 B_1、维生素 K 等的浓葡萄糖。

儿玉先生临走时对我说："下午我再过来，最好请相马先生来一趟。"

我本来也打算这么做的。我问他："有必要通知亲戚吗？"

"先观察一段时间再说。"

儿玉先生走时已是凌晨四点，我拜托先生马上派个护士来。

上午七点女佣来了，敏子说她下午再来，就先回关田町去了。

等敏子一走，我马上给木村打了电话，详细告诉了他这里发生的事情，让他暂时不要来探视。他说心里不安，来看一下就走。我说病人虽然半身不遂，不能说话，但神志好像并没完全糊涂，所以见到木村难保不会兴奋。他说，那么我就不进屋了，只在大门外看望一下。

九点丈夫打起了鼾。丈夫平时也打鼾，今天的声音特别响，感觉和平时不大一样。刚才好像一直是意识朦胧的样子，不知什么时候进入了昏睡状态似的，于是，我又给木村打电话，告诉他现在来看望没关系。

十一点儿玉先生打来电话，说已和相马博士取得了联系，博士下午两点可以来出诊，他也和博士一起来。

中午十二点半木村来了。他星期一有课，是抽空来探望的。我让他进了病房，在枕边坐了三十分钟。我也在旁边陪着。木村坐在椅子上，我坐在丈夫的床上（病人躺在我的床上），和木村说了一会儿话。这段时间，病人的鼾声尤其响亮。（他是真的在打鼾吗？我忽然有些怀疑起来。看见我的脸上露出惧怕的神色，木村好像也想到了同样的事，只是都没有说出口）木村下午一点离去。护士来了，是一位叫做池子的二十四五岁的可爱女子。敏子也来了。我这才得空吃了饭。从昨天晚上到现在我什么东西都没有吃。

两点相马博士来出诊。儿玉先生也来了。和早上的情况不同的是，病人进入了昏睡状态，有点发烧。博士的诊断和儿玉先生差不多。博士也做了巴比斯基氏反射测试，但是，没有摩擦睾丸两侧（即提睾肌反射）。博士认为不宜过多放血。还用专门术语详细对儿玉先生做了交代。

博士和儿玉先生走后，指压师又来按摩了。敏子没让他进来，讥讽他说："多谢你的治疗，我父亲才会变成这样的。"把他赶走了。

因为敏子刚才听见儿玉先生说："两个小时以上的激烈指

压不太好。也许这正是发病的直接原因呢。"（儿玉先生知道真正的原因，也许为了安慰我，把责任推到了指压师身上）

"都怪我把他介绍来的，真对不起。"女佣不停地自责着。

三点多时，敏子对我说："妈妈，你去躺一会儿吧。"卧室里有病人躺着，敏子和护士都在，客厅也总有人进进出出。敏子的房间虽然空着，但她不喜欢别人用她的屋子，从隔扇到书箱、抽屉等所有地方都上了锁，我几乎不进她的房间。所以我就上二楼的书房去休息，在木地板上铺上被褥睡觉。看来，暂时我要和护士交替在这里睡觉了。

虽然躺在木地板上，却怎么也睡不着，干脆不睡了。我想起昨天的日记还没写，就在床上写起来。（刚才上楼来的时候，我就有打算，把文具盒和日记本偷偷带来了，没让敏子瞧见）用了一个半小时，把十七日早上至现在发生的事写完，然后把日记本藏在书架后面，装作刚睡醒的样子下了楼。时间不到五点。

去病房一看，病人从昏睡中醒来了。偶尔睁开迷茫的眼睛看看四周。她们说已经醒了有二十分钟了。从早上九点到现在一直昏睡了七个多小时。小池护士说，听说连续昏睡二十四小时以上就危险了，真是万幸。不过，他的左半身还是不能活动。

五点半时，病人的嘴嚅动起来，好像要说什么。（虽然发音还是不清晰，但是比起早上刚发病时要好多了）他微微动了一下右手，指了指下半身，大概是想小便，可是接了尿盆，却不见排尿。看他的神色很焦急。我问他："想尿尿吗？"他点点头，又接了尿盆，还是没尿出来。由于长时间的尿潴留，他下腹部发胀，十分难受。可是，膀胱麻痹，尿不出来。我给儿玉先生打电话，问他怎么办。他在电话里指示让小池护士用导尿管导尿，排出的尿量很多。

七点，给病人用吸管喂了少量牛奶和果汁。

十点半时女佣回家，她说家里有事实在不能留下过夜，所以才待到那么晚才走。敏子问她回不回去，我听她这话里有话，意思是说，她不回去也可以，不过，住在这儿不太方便吧。我就说，你住不住都可以，病人目前的情况比较稳定，有什么事会通知你。"好的。"十一点，她也回去关田町了。

病人一直昏昏沉沉地躺着，但好像并没有睡熟。

四月十九日。……半夜十二点，我和小池护士相对无言地待在病房里。

我在灯下看报刊消磨时间，尽量不让灯光照到病人。我让她去二楼睡一会儿，她不去。到了五点左右，天蒙蒙亮时她才去睡。

阳光从遮雨板的缝隙里射了进来。看病人的样子好像还是没能安睡。不知什么时候睁开了眼睛，脸冲着我，好像在用目光搜寻我。我就坐在他的身边，不知他是看不见呢，还是装得看不见。嘴嚅嚅动着在说什么，其他词都含含糊糊听不清，只有一个词听得特别清楚。也许是心理作用，我觉得他好像在说："木——村——"别的话都很含糊，唯独这个词听得真真切切。（也许其他词语他想要说清楚的话，也是可以说清楚的，只是不好意思说清楚，才故意说得这么含糊的吧）这样重复了两三遍，又闭上了眼睛。……

七点女佣来了，接着敏子也来了。八点小池护士起床来病房。

八点半给病人喂早饭。一碗稀粥外加蛋黄和苹果汁。我用勺子喂他。比起小池护士来，病人的眼神里流露出想让我照顾他的意思。

十点多病人想要尿尿。接上尿壶还是没尿出来。小池护士要给他导尿，他打手势让把导尿管拿走，显得很不愿意。没办法又给他接尿，过了十几分钟仍然尿不出来，他焦急得不行。

"导尿可能有点难受，但是导出来就舒服了，听话啊，忍一下就舒服了。"小池护士像哄小孩似的劝说着，又拿来了导尿管。病人反复说着谁也听不懂的话，还用手使劲比画着。小池护士、敏子和我三个人一个劲儿问他是什么意思。最后才弄明白，原来他是在跟我说："要使用导尿管，就你自己来，让护士和敏子出去。"我和敏子费了好大力气才使他明白，只有护士可以使用导尿管，必须由小池护士给你导尿。

中午病人吃午饭。大致和早上吃的东西差不多，食欲似平好多了。

十二点木村来了，我告诉他病人已经从昏睡中醒来，正在逐渐恢复意识，好像还提到了木村的名字等，今天我和木村在门口说完话，就让他回去了。

下午儿玉先生来出诊。说情况良好，虽然还不可大意，但病情已经平稳了。血压最高165，最低110。体温降到37.2℃。注射了葡萄糖、氨茶碱、维生素等。

虽然对外尽量瞒着丈夫发病的事，但学校方面还是知道了。从下午开始，来探望的人、问候的电话就一直不断。还收到了好多果篮和花束等。关田町的房东太太也来了，得知和她丈夫得的是同一种病，十分同情，而且送来了一篮子自家院子里摘的丁香花。

敏子把花插在瓶子里拿进了病房，对病人说："这是房东太太从院子里摘来的丁香花。"搬来一个桌子，把花摆放在病人最容易看见的位置。客人送的水果里有丈夫爱吃的伊豫柑橘，便用榨汁机榨成汁给他喝。

三点，我让敏子和小池护士照看病人，上楼写完日记后睡觉。今天实在是缺觉，所以沉沉地睡了三个小时。……敏子今晚吃完晚饭后不久，大约八点就回去了。女佣九点半回去了。……

　　四月二十日。……夜里一点，小池护士去二楼睡觉后，剩下我一个人在病房侍候。病人从傍晚开始就一直在浅睡。小池护士出去十几分钟后，我总感觉他好像睁开了眼睛。由于他躺在光线昏暗的地方，看不大清楚，只见他微微移动身子，嘴也在嘟囔着什么。我轻轻走过去看了看，果然他不知什么时候睁开了眼睛。他的目光越过我，望着前方。那盆敏子插的丁香花——病人的眼睛正望着它。台灯被罩上了遮光布，屋子里光线昏暗，只留有一小块地方，可以勉强看看报纸，就在这个光圈的边缘，朦胧的丁香花散发着清香。——他茫然地注视着那团白蒙蒙的东西，仿佛想着什么。

　　我猛然想到，昨天敏子把丁香花拿到屋子里来时说的话是什么意思呢？现在这个时候，有必要说这些吗？——大概当时病人听到了这句话吧？——即使没有听到，一看见这花，就会想起关田町院子里的丁香树吧。然后会想起那家的厢房，想起在那里的夜晚发生的种种回忆。——也许是我想得太多了，可是我一看见病人的眼眸，就仿佛从那空虚的瞳孔深处，浮现出了与此相关的种种妄想。我慌忙把台灯的光照移动了一下，以免照到花束。……

……上午七点我把丁香花瓶拿出病房，换成了插在玻璃器皿里的玫瑰花。

……下午一点儿玉先生来了。体温下降到 36.8℃，血压又有上升的趋向，高压 185，低压 140。为此注射了氨茶碱。今天也检查了睾丸的反射。我把儿玉医生送到了大门外，跟他谈了病人膀胱麻痹和今天早晨导尿的事，每次导尿都闹别扭的事，因一点小事就精神兴奋的事，以及由于不能说话，不能动，非常烦躁等。为使病人镇定和安眠，决定给他注射鲁米那。……

……敏子今天上午没有来，傍晚五点左右来了。……十点病人开始打鼾。这次的鼾声和前天异常的鼾声不一样，和平时睡觉时打的鼾一样。看来是饭后注射的鲁米那起了作用。敏子望着丈夫的睡脸说："看样子睡得很香。"她只待了一小会儿，就走了。不久女佣也走了。我让小池护士上去休息。快十一点时，电话响了，是木村打来的。

"这么晚打电话，很抱歉。后来情况怎么样了？"木村问。（我猜是敏子告诉他现在只有我一个人的吧）我告诉了他大致情况，还说今晚打了针，正在熟睡。

"我现在过去看一眼可以吗？"（他说"看一眼"，不知是要看谁一眼）

"你来了以后，先在院子里等着，等我从后门出来接你。不要按门铃，如果我不出来，说明不方便，你就回去好了。"我尽量压低声音说道。

十五分钟后，我听见院子里响起了轻轻的脚步声。病人依然打着平稳的鼾声。我从后门把他迎进女佣的房间，说了三十分钟话。……回到病房里时，病人还在打鼾。……

四月二十一日。……下午一点儿玉先生来出诊。血压高180，低136。比昨天下降一些，但还不容乐观。至少要下降到 170 以下，必须和低压相差 50 以上才行。体温 36.5℃，已经正常了。今早已能使用尿壶，勉强自己排尿了。食欲相当好，拿来多少吃多少，不过目前只能给他吃些较稠的流食。……

两点，病人托给小池护士照看，自己上楼去写完日记。写完日记后一直睡到五点。下楼来到病房，见敏子也在。五点半注射了鲁米那。因为儿玉先生说，四五个小时后药力才能起作用，所以每天这个时候打安眠针，让病人夜里能够安眠比较好。还嘱咐小池护士不要告诉病人是安眠针，只说是降压针。……

……六点，见晚饭运到床头桌上来，病人动动嘴想要说什么。反复只说一句话，说的什么听不清。我用勺子给他喂粥喝时，他推开我的手，还在说。我以为他不满意我的喂法，就换敏子喂，又换小池护士喂，可是不像是这个原因。慢慢才弄明白了病人的意思。原来病人刚才一直在说牛——排——，牛——排——。越听越像，大大出乎我们意料。他可怜巴巴地瞧着我，眼睛一眨一眨的。我虽然能猜到病人在要求什么，但是她们两人大概不会明白吧。（敏子说不定能猜到）我向病人微微点了点头，意思是告诉他："目前还不能想这些，暂时要忍耐一下。"不知病人能不能看明白。不过，病人不再说那句话了，老老实实地张开嘴让我喂粥了。……

八点，敏子回去了，九点，女佣回去了。十点病人打起了鼾，睡着了。我让小池护士去二楼休息。十一点，院子里响起脚步声。我从后门把他迎进女佣的房间。十二点，他回去。鼾声还在继续。……

四月二十二日。……病情没有什么变化。血压比昨天稍高。安眠剂使病人夜里能够安眠，但是白天似乎在胡思乱想，显得非常烦躁。儿玉先生说一天必须睡够十二个小时，可是，真正熟睡的时间只有六七个小时，其他时间似乎都在打盹，不知道到底睡着没有睡着。（一般来说，没有打鼾的时候，是在浅睡，最多是处于半睡半醒之中，这是我根据长期的经验判断的。甚至就连那鼾声，我有时都怀疑会不会是装出来的）得到儿玉先生的许可，从明天开始每天打两针鲁米那，上午一次，下午一次。……

……还是那个时间敏子和女佣走了。十点病人开始打鼾。十一点院子里响起脚步声。……

四月二十三日。……丈夫发病以来到今天已经一周了。上午九点，早饭后，小池护士把桌上的碗筷收拾到厨房去了，只剩下我和病人时，他张嘴说出日——记——，日——记——。和昨天牛——排——声音相比清楚多了。日——记——，日——记，——他似乎在惦记日记的事。

我说："你想写日记吗？可现在还不行啊。"

他摇着头说："不是。"

"不是？不是日记的事？"

"是你的日记——"

"我的日记？"

他点点头，"你——你的日记——还写吗？"

"我从来不写日记，你难道不知道吗？"我故意装糊涂。

他嘴角浮现出无力的微笑，点点头说："啊，是这样，知道了。"

病人是第一次露出笑容，却是莫名其妙的，谜一样的笑容。小池护士把病人的餐盘送到厨房去后，顺便在客厅里吃了饭。十点回到病房里。

然后，她刚要给病人注射鲁米那，"这是什么针？"病人问道。因为从来没有在这个时候打过针，所以，他有所怀疑。小池护士回答："血压还有些高，这是降压针。"……

下午一点儿玉先生来出诊。

两点半，见病人打起了鼾，我上楼去了。但我五点下楼来时，已经不打鼾了。问了小池护士，真正熟睡的时间不足一个小时，大多数时间好像都在梦境中遨游。虽然吃了安眠药，但是白天总是不如夜间睡得踏实。晚饭后打了第二针。……

准十一点时，院子里响起了脚步声。……

四月二十四日。……自发病以来，今天是第二个星期日。早上有两三个来探病的客人，都没有让他们进病房里探望，只到大门口就回去了。儿玉先生今天不出诊。病人无特别变化。两点敏子来了。她最近一般都是傍晚来，在病房里待两三个小时，可今天却白天来了。

她坐在正在打鼾的爸爸床边，看着我的脸说："我以为今天客人不多呢。"我没说话，她又说："妈妈，好多东西该买了吧……偶尔星期日出去走走怎么样？"不知是她自己的想法，还是受他之托。……如果他有这个打算的话，昨天晚上怎么没跟我说呢？难道说跟我不好直接说，所以通过敏子来跟我说吗？还是敏子自作主张的呢？我脑子里忽然浮现出他在大阪那家旅店前焦急地等着我的身影。……说不定真是这么回事呢。

——虽然浮现出这样的幻觉，又觉得这根本不可能，想要打消这个念头，可越是想要打消它，就越是妄想着如果他真的等在那里怎么办？可是，再怎么说，我今天根本没有时间去那里，不可能离开家那么长时间，最快也得下个星期日再说了。

……不过我另外有要办的事，就对敏子说："那么，我去锦市场一带转转，一个小时之内回来。"三点多出了家门。我急忙叫了出租车，直奔御幸町锦小路，先去买了面筋啦、豆皮啦、蔬菜啦，作为去买菜的证据，然后去三条寺町，在常去的一家纸店买了十大张雁皮纸，和一张做封面用的厚纸，请纸店裁成和我的日记本一般大小，并请伙计给包装好，一面弄出褶皱，并把它放到购物袋里的蔬菜下面。然后从河原町街叫了辆出租车，——对了，不能把我在菜店外面给他打了个电话这事给漏了。他说："我今天哪儿也没去，一直在家里。"听他口气仿佛是在试探我，看我会不会约他出来幽会。只说了一两分钟话，我就挂了电话。——四点多回了家。（大概出去了一个多小时）我在大门口，将那包雁皮纸藏在伞架后面，把购物袋交给在厨房干活的女佣……病人好像还在睡觉，可是没有鼾声。

　　……我心里惦记的是，昨天病人问我的那句"你还写日记吗？"这件事。一向装作不知道我写日记的丈夫，怎么突然问起日记来了呢？他大概是头脑糊涂了，忘记了自己本不应知道日记的事吧？或许是想说"我已经觉得没有必要再装不知道了"吧？我一时不知该说什么好，便回答"从来不写日记"。丈夫怪怪地笑着说"知道了"。这是不是"你装什么呀"的意思呢？——总而言之，丈夫一定是想知道他发病以后的这段日子，我写没写日记，如果还在写，一定是想让我给他念一念。我只能认为他由于自己已不能偷看，所以为了公开得到我允许，才这么说的。

假如他真有这个打算，我也要赶紧想好对策，以备他万一向我公然提出这个要求。如果他提出要求的话，从正月到四月十六日的日记，随时可以念给他听，但是从十七日以后写的日记决不能让他知道。到时候我就这么对他说："这些日记是你一直在偷看的，没有必要加以隐瞒，可现在再给你看也没什么意思。当然你想要看的话随时都可以给你看，但是，你看了就知道了，日记只到十六日。自从你得病以后，我每天忙于护理，根本没有时间写日记，而且也没什么东西可写的。"——然后，我还要把十六日以后都是空白页的日记本给他看，让他安心。我去买雁皮纸，就是为了把十六日以前的和十七日以后的日记分开，重新订成两本日记。……

……由于午睡的时间外出了，所以回家后就上了二楼，从五点睡到六点半，然后下楼的时候，把日记本带到楼下来，放到客厅的橱柜抽屉里。晚上八点，敏子走了。十点，我让小池护士去了二楼。十一点时，院子里响起了脚步声。……

四月二十五日。……夜里零点送他从后门出去，锁上了后门。然后回到丈夫身旁，静静地坐了约一个小时，倾听他的鼾声。等他熟睡后，我来到客厅，去制作新的日记本。将日记本分成两本后，把到十六日为止的那本放在橱柜的抽屉里，把十七日以后的那本拿到楼上，藏在书架里。干这件事花了一个小时。两点后回病房，病人一直沉睡着。……

下午一点，儿玉先生来了。没有特别的变化。近来血压一直在180至190之间浮动。儿玉先生琢磨着怎么才能让血压再降下来一些。白天好像依然不能安眠。……

……十一点时，院子里响起了脚步声。……

四月二十八日。……十一时，院子里……

四月二十九日。……十一时，院子里……

四月三十日。……下午一点，儿玉先生来出诊。……他
说下周尽早再请相马先生来给看一次为好。……

……十一点时，院子里……

五月一日。……今天是丈夫发病以来第三个星期日。……
敏子和上个星期日一样两点多来了，我也猜想到了。她确认
了父亲已经睡着了之后，小声劝我说："你去买东西，顺便散
散步吧。"

"我不在行吗？"我犹豫不决。

"爸爸刚睡着，没问题，你去吧妈妈。今天关田町白天
也烧洗澡水了，你顺便去洗个热水澡再来吧。"

我觉得她这么说一定有原因，就说："那我出去一两个
小时。"

三点左右我提着购物袋出门了。我直奔关田町，房东太太不在，木村一个人在厢房里。他告诉我说："敏子刚才给我打来电话，说'今天房东太太去和歌山，很晚才回来。我现在要去照看病人，不好意思，请你来看两三个小时家好吗？我傍晚之前回来。'"所以他就来了。

这就是说虽然没有热水澡洗，但有木村在。……虽说我们已有半个月没有这样充裕的时间好好聊聊了，但总觉得有些心神不定。……五点我先离开了关田町，因为没有时间——担心病人会不会醒来——急急忙忙在附近的菜市场买了东西回家。

"你回来啦，真快啊。"敏子说。

"你爸爸怎么样？"

"今天睡得特别好，已经睡了三个多小时了。"果然，病人正打着响亮的鼾声。

小池护士对我说："我刚才请小姐照看病人，去澡堂洗了个澡。"她的脸红扑扑的，很有光泽。

啊，原来是这么回事。原来小池护士去了趟澡堂啊。——我不由得一惊，感觉多半是敏子在做文章。——当然，自从丈夫发病后，家里的浴池只使用过两三次。我、小池护士、女佣都是隔两三天去澡堂洗澡，今天轮到小池护士去洗，所以没什么值得大惊小怪的。但是，敏子是不是预先想到这一点，为了只剩下她和病人两个人，让我出去买东西的呢？我疏忽大意了，没有想到有可能发生这种情况。一般来说我应该能想到的。（小池护士洗澡时间长，需要五六十分钟，这我是知道的）就是因为敏子一说："关田町有洗澡水。"我便头脑一热，失去了理智。——我心想"坏了"。便让她们二人看护病人，自己像往常那样上楼去睡午觉。

我马上取出藏在书架后面的日记本，仔细检查了一下，想看看是否被偷看了。可是智者千虑，必有一失，居然忘记贴透明胶条了，无法找到被偷看的证据。——不过，我又一想，一定是自己疑心生暗鬼。自己因为多虑，才把日记分成两本，后一本藏在这里，可是这些情况他们怎么可能知道呢？这么一想，我稍稍放下了心，这件事就算过去了。

……晚上八点，敏子回关田町去之后，我又想起了这件事。我去厨房问女佣："今天下午，我外出时，有没有人上二楼去过？"

出乎意料的是，女佣说："小姐上去过。"据女佣说，我出去十五分钟后，小池护士去洗澡了。不久，小姐就上了二楼，两三分钟后下来进了病房，好像跟老爷说了些什么。那时候鼾声突然停了。然后，敏子和老爷说了一会儿话，又上二楼去了一趟，马上又下来了。不久小池护士就从澡堂子回来了。

我说："可是，我傍晚回来的时候，还听见病人在打鼾哪。"

女佣说："太太出去的时候没有打，太太快回来的时候，又打起鼾来的。"……

情况越来越明朗了，看起来并不是我疑心生暗鬼，也不是我想得太多了，但是我还是不能完全确定。

我把敏子今天的行为排列了一下。——下午三点，找借口把我支出去。然后，让小池护士去澡堂洗澡。然后，是病人自己醒来告诉敏子，还是敏子叫醒病人，这个情况搞不清

137

楚，反正她知道了我的日记放在客厅的橱柜里，找到后把它给病人拿来。病人看了，说这是十六日以前的，十七日以后的那本一定藏在什么地方，我想看的是后面的，去找一找。于是，她上了二楼，从书架里找到后，拿下来给病人看，或者念给病人听，然后又上楼去放回原处。小池护士回来了，病人又装睡。五点多我回来了。

——大概顺序就是这样的。可是这么多的行动，在我出去的两三个小时内一一完成，实在了不起。这时，我想起上个星期日（四月二十四日），我也曾经在敏子的劝说下，下午去外出购物。这么说，敏子的这个做法，大概是从上个星期日就开始了吧。在二十三日，星期六早上，病人曾一个劲对我说"日——记——日——记——"，明摆着想看我的日记。那么，二十四日下午，我外出的时候，谁知道他会不会在小池护士和敏子面前，（当时，小池护士可能已经去澡堂了，女佣说她也记不清了）也一个劲地说过同样的话呢？病人可能是见我不理睬，就去跟敏子说了。——这也是很可能的事。我不记得告诉过敏子我写日记，不过，也许是木村告

138

诉她的，也许是她自己感觉到的，所以，病人这么一叨念，马上就心领神会了吧。……

"橱柜——"病人指着客厅的方向。敏子去客厅打开橱柜的抽屉寻找。不过，她应该能想到日记本早已不在抽屉里了。"我知道了。肯定在二楼呢。"敏子说着跑上二楼去找。我这么想象着。

——总之，就是这样上个星期日已经知道了十七日以后我还在写日记。这个星期日知道了，我把日记本认真地分成了两本，一本放在楼上，一本放在楼下。——这是很有可能的。

现在使我最感困惑的是，如果这一推测属实的话，以后怎么办呢？我一旦写了日记，即使遇到困难也不想中断。但是，我还是应该尽量避免以后的日记被偷看。从今天开始，我就不在午睡时间去二楼写日记了。等到夜里，丈夫和小池护士都睡着了以后，再找个保险的地方把日记本藏起来。……

六月九日。……我有很长时间懒得写日记了。自从五月一日，即病人第二次发病后去世的前一天以来，我就没有再写日记了。到今天已经过去了三十八天，这是因为病人突然死去，家事骤然增加，实在太忙的缘故，但更主要的是由于他的死，导致我继续写下去的兴趣——或者说是劲头——没有了。没有劲头写了的状态至今没有变化。所以，今后我很可能不会再写日记了。至少是不是继续写日记，现在还定不下来。

不过，自今年正月一日以来，每天不间断地写了一百二十一天的日记，既然因故一下子不写了，正好借此告一段落吧。从日记这个体裁上讲也有这个必要，而且回顾我和去世的人之间迄今为止在性生活上的争斗，追忆那些往事并非徒然之事。

把他留下的日记——尤其是五月以来的日记，和我的日记仔细对照着看的话，斗争的痕迹历历在目。只是在丈夫活着的时候，因种种原因我有些事情没敢写进日记里，现在可以补在后面，也算是给日记做个了结吧。

刚才我也写了病人的死很突然。我记不清确切的时间，大概是五月二日凌晨三点前后死去的——当时，小池护士在二楼睡觉，敏子回关田町了，病房里只有我一个人。可是，夜里两点时，我见病人像往常那样平稳地打着鼾，就悄悄出来去客厅，想把三十日傍晚到五月一日的事写下来。因为，在大前天，也就是四月三十日以前，我都是利用午睡的时间，去二楼偷偷把前一天下午到现在发生的事写下来的。可是，五月一日，星期日，发现自己藏起来的第二本日记，竟然意外地被丈夫和敏子偷看了，所以那天下午，我便没有在二楼写日记，打算以后改在深夜写，日记本也变换了藏匿的地方。（由于一下子没想好藏到什么地方，我便把日记本还放在原处，下了楼。当天夜里，等到敏子和女佣都走了以后，趁小池护士上去睡觉之前，将日记本取出来，塞进怀里，走下楼来。小池护士紧跟着就上楼去了。此时，我还没有想好藏匿的场所，心里直犯难。我琢磨着，今天一晚上可以考虑藏在哪儿合适，实在没合适地方的话，就把客厅里的天花板掀起一块，塞到那块板子里面去）于是，五月二日，凌晨两点多钟，我去了客厅，从怀里掏出日记本，开始写从四月三十日以后发生的事情。我正专心写着，忽然发觉刚才一直响着的病人的鼾声不知什么时候停了。病房和客厅只有一墙之隔，由于我太专注了，没有意识到什么时候停的。当我写到"……从今天开始，我就不在中午午睡时间，去二楼写日记了。等到夜里，丈夫和小池护士都睡着了以后，再找个保险的地方把日记本藏起来……"的时候，发现鼾声停了，我侧耳听了一会儿，还是没有声音，我就把写了一半的日记本摊在桌子上，站起来到病房去了。只见病人静静地平躺在床上，脸朝着天花板，好像睡着了的样子。（自从发病那天我把眼镜给他摘下来以后，病人就没有戴过。他睡觉时的姿势一般都是面朝上的，但是，因此经常拜见他那"没戴眼镜的脸"）之所以说"好像"，是由于病房里的台灯灯罩上蒙着布，以免光线射到病人脸上，所以我一时没有看清躺在暗处的病人的脸。我坐在椅子上定了定神，目不转睛地瞧着阴影里的病人，忽然发觉有点静得出奇，我就把灯罩上遮的布拿下来，病人的脸立刻暴露在明亮的灯光下，这才看清病人半睁着眼睛，瞪着斜上方的天花板，眼睛已凝住不动了。"他死了。"——我这么想着，凑近他，摸摸他的手，已经凉了。枕旁的表指着三点零七分。这就是说，他是在五月二日凌晨两点至三点零七分之间死去的。而且看样子是在睡梦中毫无痛苦地死去的。我就像胆小的人恐惧地窥视着无底的深渊一般，凝神静气地注视了这张"没戴眼镜的脸"好几分钟，——新婚旅行之夜的回忆突然间鲜明起来——我赶紧又把布盖在了灯罩上。

第二天相马博士和儿玉先生也说，病人这么快就第二次脑出血发作真是没想到。以前，也就是十年前得了脑出血后，隔两三年，或七八年之后第二次发作的情况很多，一般人再发作时就会死去，但近年来随着医术的进步，常常见到有的人不再发作，即使再发作也不要紧，三次、四次地发作，照样享尽天年的。您家的主人不像个学者，不太注意养生，还常常对医生的忠告置若罔闻。不过，虽说再发作的危险不能说完全没有，但是没想到这么快。我们认为先生还没到六十岁，这次如果能慢慢恢复健康的话，还能活几年，弄好了再活十几年也不成问题，但出现了这样的结果，实在出乎意料。

且不论相马博士和儿玉先生是否真的这么想，但人的命数如何即使名医也预测不出来。他们这么想是正常的，不过，说实话，这个结果和我预想的时间大致差不多，并不觉得太意外。虽说往往预想的事情不会如期发生，甚至一般不会发生。而女儿敏子恐怕也有同样的预感吧。

于是我又将丈夫的日记和我的日记对照地看了一遍，现在可以公开追寻我们之间关系是如何发展的，以至发展到以这样的方式诀别的轨迹了。其实，丈夫早在几十年前，从和我结婚前就开始写日记了，所以追根溯源，要彻底追究我们夫妻的关系，就应该从结婚以前的日记看起才对。但是我这样的人是没有资格着手这样庞大的工作的。我知道二楼书房里的书架最上层，堆着十几本丈夫的日记，上面落满了灰尘，可是我没有耐心去看那些庞大的记录。他自己也曾说过，到去年为止，一直不在日记中写和我的闺房之事。他露骨地写起这些——或者说是专门写这些内容是今天正月以来的事。几乎是同时，我也对抗地写起日记来，所以先对照地看一看这个时期我们的日记，将遗漏之处逐一补上的话，就能够明了我们是怎样互相爱恋、互相沉溺、互相欺骗、互相引诱，最终一方被另一方所毁灭的经过，没有必要再翻阅以前的日记了。

丈夫在去年一月一日的日记里说我是个"天性阴险，好奇心强""知道也故意装不知道，心里想的不轻易说出来"的女人，这一点我不否认。总的来说，他的为人比我要正直好多倍，所以他的日记也少有虚伪不实之词，当然，并不等于他写的都是真实的。例如，虽然他写的是"妻子肯定知道这个日记本放在书房的哪个抽屉里"，但是"她决不会做偷看丈夫日记的事"，不过"也不是完全没有这个可能"，尽管如此"从今年开始我不再顾虑这些了"，其实正如他后来慢慢坦白出来的那样，"应该说我预感到她会偷看，而且期待着她偷看"，这才是他的真心话，我早就看透了。

正月四日早晨，他在书架的水仙花前故意丢下钥匙，就是因为急于让我偷看他的日记的证据。坦白地说，即使他不玩这个小把戏，我早已在偷看他的日记了。我在一月四日的日记里写了"我决不偷看（丈夫的日记）。我不想越过界限，进入丈夫的内心。正如我也不想让别人了解我的内心那样，我也不想去探究别人的内心"，其实是假话。虽然"我不想让别人了解我的内心"，但我喜欢"去探究别人的内心"。从我和他结婚的第二天起，就有了经常偷看他的日记的习惯。我"早就知道他把那个日记本放在小桌的抽屉里，并上了锁，而且还知道，他有时候把钥匙藏在书架上的书籍之间，有时候放在地毯底下"，决不是像我写的那样"从不偷看丈夫的日记"。只是以前的日记里没有写有关我们夫妻生活的事，净是我不感兴趣的枯燥的学问方面的内容，所以我从不认真去看，只不过偶尔翻阅一下，以偷看丈夫日记为满足而已。

　　但是自从他"不再顾虑了"的今年正月的日记开始，我自然而然被他的日记所吸引了。我早已在正月二日下午，趁他出去散步不在家的时候，就发现了他的日记内容的变化。只是我不让丈夫知道我偷看他的日记，不仅是由于我天生喜欢"知道了也装着不知道"，还因为我猜测到丈夫想让我偷看，又希望我看了也装作没看的心理。

　　他称呼我"郁子啊，我可爱的妻子"，还说"我对她无比地爱"是"出自真心的"等，这一点我丝毫没有怀疑过。但是，同时我希望他能明白当初我也是很爱他的。虽然"当年新婚旅行时，看见他摘掉近视眼镜的脸，不禁哆嗦了一下"是事实，"现在看来，我选择了最不适合我的人"，每当看见他的脸就"毫无缘由地想吐"也是事实，但是，并不因此而说明我不爱他。"在有着古老遗风的京都名门里长大的"我，"奉父母之命嫁到这个家里，懂得这就是夫妻"，所以无论喜欢不喜欢，只能一心去爱他。何况我"很看重早已落后时代的旧道德，甚至有时以此为荣"。每当我不由得想吐时，总觉得对不起丈夫，也对不起自己已故的父母，为自己如此浅薄而深感自责。这种感觉越是强烈，我就越是压抑那种感觉，努力去爱他，并且真的爱上他了。之所以会这样，对于天生具有淫荡体质的我来说，这是唯一可供我选择的生活方式。如果说当时的我对丈夫有什么不满的话，就是丈夫不能充分满足我那旺盛的要求。但是，我为自己过度的淫欲而羞耻的感觉多于对他体力不足的不满。我虽然叹息他的精力减退，但不仅没有因此而厌恶他，反而更加燃起了爱情之火。然而他是怎么想的呢？从今年开始他使我真正开了眼界。

我不知道他"从今年开始，我决定把一直犹豫着没敢写进日记里的事写下来"是什么动机。他说是"我对于不能与她直接谈论闺房之事非常不满"，对我的"极端的秘密主义"，我的所谓"教养""那种伪善的贤惠""那种做作的高雅"抱有反感。为了打破它"才想把这些事写进去的"，果真仅仅是这个理由吗？恐怕还有其他重大的原因，可奇怪的是日记里没有记载。或许他自己也无法解释想要写那样的日记的心理，究竟是怎么产生的吧。

从他的日记里我第一次知道了我是女性中"罕见的器具所有者"，如果我"被卖到从前岛原的妓院去的话，一定会嫖客如云"，"大红大紫"的。可是，尽管他说"也许我不告诉她这些为好，让她知道了自己是这样的女人，对于我自己恐怕是不利的"，还是冒着对自己不利的风险告诉我这些是什么心理呢？他只要一想到我的那个"长处就感到非常嫉妒"，他还说"如果别的男人知道了她的这个长处……会发生什么呢？"而感到不安，可是他毫不掩饰他的不安，把它写进日记里，我推测他是想让我偷看日记，然后做出让他嫉妒的事来。这一点，从"我在偷偷地享受这一嫉妒的乐趣"——"我一感到嫉妒就产生了冲动"——"从某种意义上说嫉妒是必要的，是一种快感。"（一月十三日）——等等，就证明了我的推测，不过，这些从一月一日的日记里，我就隐隐约约地预感到了。

六月十日。……我在八日的日记里写了——"我对丈夫一半是极端的厌恶，一半是极端的爱恋。我和丈夫虽然性不合……"我还写了——"但我并不想去爱别人。旧的贞操观念已深深扎根在我的头脑里，从没想过违背它。"——"我对丈夫的那种……爱抚方式深感困惑，然而我知道他是狂热地爱我的，不回应他总觉得对不住他似的。"我从小受到父母严格的家教，我之所以写了一些丈夫的坏话，是由于受到二十多年来旧道德观念的束缚，因而一直压抑着对丈夫的不满之情，但我还是朦胧地认识到，使丈夫产生嫉妒便等于取悦丈夫，这是通向"贞女"之道的。不过我还只限于写"非常厌恶与丈夫行事""性方面合不来"等，接着又写"不会爱别人""天性不会背叛"丈夫等软弱的话。也许我从那时候开始潜意识里就喜欢上木村了，只是自己没有意识到。自己为了保持对丈夫的贞操，仅限于提心吊胆地、绕着弯子地写点未必能使他嫉妒的话而已。

可是，看了十三日丈夫日记里写的"我利用对于木村的嫉妒，成功地使妻子兴奋了"——"我希望她能明白，那样使劲地刺激我，也是为了她自己的幸福"，"我希望她能够让我疯狂地嫉妒"——"妻子可以走到极端的程度，越极端越好"，"甚至可以让我对他们抱有怀疑。希望她能够做到这个程度"等等之后，我突然认真考虑起木村来了。我看到他七日写的"我感觉至少妻子……以为自己是在监督两个年轻人，其实是自己爱上了木村"这些话，十分厌恶和反感，自认为不管丈夫怎么教唆自己都不会越轨的。但后来看到"越极端越好"等，我心里发生了一百八十度的转变。我弄不清到底是在我自己还没有意识到时丈夫就看出了我喜欢木村而教唆我的呢还是由于他的教唆而使我对木村的感情从无到有的呢？当我意识到自己对木村产生了好奇心之后，仍然为了丈夫"违心"地压抑自己，自欺欺人。

——是的，我刚才使用了"好奇心"这个词，但是当时我对自己解释说，是为了让丈夫高兴才对丈夫以外的男人好奇起来的。一月二十八日，我第一次大醉的时候，就是由于渐渐搞不清自己对木村的感情是为了丈夫，还是为了自己，这个界限越来越模糊，想要掩饰这一苦恼才喝醉的。

我从二十八日晚上一直睡到三十日早上。丈夫在日记中写道"从她的性格来推测，我怀疑她是真的睡着了还是在装睡"。其实那两天我绝对不是"在装睡"，不过也难说是一直都在昏睡。在我的日记里写了当时的半醒半睡的状态，不过，关于"她说梦话时叫了一声'木村先生'"这一点，有必要在此作些补充。

要说"那是真的在说梦话，还是借着说梦话，故意说给我听的"，应该说是二者之间吧。我朦胧地感觉是在"昏睡中梦见和木村做爱"时，不禁叫出了他的名字。我一边想着"怎么能说出这么不知羞耻的梦话"，一边说出来的。而且，一方面觉得被丈夫听见很不好意思，另一方面又希望被他听见。但是第二天晚上，"她今天晚上也喊了一声'木村先生'。难道说她今天晚上也做了同样的梦，在同样的情况下梦见了同样的幻影吗"？即丈夫日记里写的三十日夜里的情况却不一样。那天夜里我的确是有某种目的的，是利用了昏睡的机会，假装说了那些梦话的。当然很难说有什么明确的意图和计划，——也许睡得多少有些迷糊，——只是意识到自己在昏睡，为了麻痹自己的良心，利用了昏睡而已。丈夫说"我是否可以理解为是被她所愚弄了呢？"或者可以这样理解吧。可以肯定的是，那句梦话里包含有"我要是能和木村这样在一起多好啊"的心情和"丈夫把他介绍给我多好啊"的双重愿望，我是为了使丈夫了解这些才说的那句梦话。

二月十四日，木村先生把保拉罗德照相机介绍给丈夫，丈夫写了"木村怎么会猜到我喜欢这个机械呢，真不可思议"。我也觉得不可思议。连我都不知道丈夫想要拍摄我的裸体照片。即使我猜测到了，也不可能有机会去告诉木村先生的。那时我每天都醉得一塌糊涂，被木村抱进卧室里去，从来没有和他深入交谈过，更别提谈到夫妻生活了。说真的，我和他只不过是喝醉了之后被搬运一下的关系，根本不可能有机会瞒着丈夫说悄悄话的。我倒是怀疑敏子，能够给予木村这种暗示的只有敏子。她二月九日提出搬出去住，理由是想找个安静的地方学习。很明显她不想看到每天夜里父母房间里亮着的明晃晃的灯光，这使她颇感困惑。大概她每天从门缝中偷看过荧光灯下床上的景象，——炉子里火苗熊熊燃烧的声音，正好掩盖了她的脚步声。——假设她清清楚楚地看到了丈夫让我一丝不挂地摆出各种淫秽的姿势，来享受这一美妙乐趣的过程。——而且假设她把所看到的一切都告诉了木村。这些假设后来得到了证实，我在读丈夫十四日的日记时就已经有所觉察。就是说，在我发现丈夫夜里的所作所为之前敏子就知道了，并告诉了木村。

　　尽管如此，木村出于什么动机给丈夫提供"那种照相机"，暗示丈夫拍我的裸体呢？我到底还是忘了问问木村，但据我的推测，一是为了以此来讨丈夫的欢心吧？二是期待，通过提供相机，能得到丈夫拍摄的我的裸体照片吧？而后者才是主要目的吧。丈夫渐渐不满足了，还使用了蔡司伊康，并让木村帮着洗出照片。——虽说细枝末节不能说得太清楚，但大致会如何发展，基本上都不出木村所料。

二月二十九日，我写了"摸不清敏子的心理状态"，其实我也能捕捉到一些。正如刚才我所说，我隐约猜到了她把夜里看到的事告诉了木村。我知道她在心里悄悄爱着木村，因此"对我抱有敌意"。她认为"妈妈体质柔弱，经不起过度的房事，但爸爸总是勉强她"，担心我的健康，憎恨父亲，然而见到父亲出于怪异的嗜好，使我和木村接近，而我和木村也不拒绝，就在憎恨父亲的同时，也憎恨起母亲来了。我早就看出了这一点。我还看出来，比我还要阴险的敏子，知道"尽管自己比母亲年轻二十多岁，但姿色和容貌都不如母亲"，木村对母亲爱得更多，所以暂时先站在母亲一边，以后再做打算。然而她是如何和木村串通来安排我们会面的，我至今还弄不明白。比如说，我觉得她搬到关田町去住，不仅是由于惧怕那明晃晃的荧光灯，还因为考虑到离木村住的地方近的缘故。那么，她搬出去住究竟是木村的主意，还是她自己的决定呢？据木村说那都是她的设计，"我只不过是被牵着跑而已"，果真是这样吗？对于这一点，我现在还是不能相信木村。

正如敏子嫉妒我一样，我在内心里也非常嫉妒敏子。但是我尽量不表现出来，日记里也没有写。这是我的阴险天性使然，不过我比女儿更有自信，所以不想去伤害自己的自尊心。还有一点，我之所以嫉妒敏子——因为我怀疑木村也爱她——是因为我非常害怕被丈夫知道这件事。丈夫自己也曾担忧地写过："如果我是木村的话，要问我喜欢女儿还是母亲，我一定更喜欢虽然年龄大一些，却有风韵的母亲。"但是"木村总是不置可否"，所以丈夫有时怀疑他是"暂时博取母亲的欢心，通过母亲亲近敏子"。我最讨厌让丈夫产生这样的怀疑。我想要让丈夫觉得木村只爱我一个人，为了我不惜牺牲一切。因为不这样的话，丈夫对木村的嫉妒就不会那么执着、那么强烈了。

六月十一日。……虽然丈夫二月七日写了："果然不出我所料，妻子在写日记""前几天我就有所感觉了"，其实他早就知道了，而且已经偷看了。我写的"我不会让丈夫发觉我写日记的""像我这样不向别人敞开心扉的人，至少应该说给自己听"等也全是谎话。我希望丈夫偷看我的日记。"说给自己听"当然也是心里话，但是让丈夫看也是写日记的目的之一。至于我为什么使用不出声音的雁皮纸，还封上透明胶带呢？只能说是我天生对秘密主义感兴趣的缘故，并没有别的什么意义。在这一点上，嘲笑我的秘密主义的丈夫也是一样。我们二人都知道在被对方偷看，却从中设置重重障碍，故意绕圈子，最终也不明示对方是否达到了目的，这就是我们的共同兴趣所在。我不厌其烦地使用胶带，不仅是为我自己，也是为了迎合丈夫的嗜好。

　　到了四月十日，我才开始把丈夫的健康不正常的情况写进了日记里。——"丈夫在他的日记里好像写了一些有关他那令人忧虑的身体情况。……我没有看他的日记，不知道都写了些什么，其实我在一两个月前就发现了他身体的异常。"丈夫自己坦白这件事是三月十日的日记，其实也许在他自己意识到之前，我就已经知道了。但是我由于种种原因故意装作一无所知，这是因为我害怕使丈夫神经过敏。因为使丈夫神经过敏，就会导致节制房事，这是我最最害怕的。我并非不担心丈夫的生命，但是满足我那不知厌倦的性欲求是更为切实的问题。我想方设法让他忘却对死亡的恐怖，拼命利用"木村这个兴奋剂"来煽动他的情欲。

……但是进入四月以后我的心情逐渐变了。三月中，我常常在日记中写自己还坚守着"最后的防线"，使丈夫相信我还保持着贞操，可是，最终突破了我和木村之间的"一纸相隔"其实是在三月二十五日。在二十六日的日记里我写了一些和木村装模作样的对话，那都是为糊弄丈夫而写的。我心里做出重大决定是四月上旬，记得是四日、五日、六日这几天。我在丈夫的诱导下一步步陷入堕落的深渊，但还是自欺欺人地认为这样做是为了满足丈夫而忍受痛苦与人私通的。——而且，即便从迂腐的道德观来看，也是堪称妇之道的楷模之举。然而从这几天开始，我完全撕去了虚伪的面纱。我明确地承认了自己爱的是木村，不是丈夫。

　　四月十日，我写了"身体状况值得担心的不只是丈夫，其实我也一样"，这是撒了个弥天大谎，其实我什么病也没有。当然，"敏子十岁时咯过两三次血""医生说是肺结核的二期症状"等都是事实，但是"无视医生的劝告，根本不注意养生"，幸运的是，后来竟然"不治而愈了"，至今再也没有犯过。因此，"二月的一天，吐出了和上次一样的血痰""一到下午就感觉疲劳""常常胸口隐隐地疼""这回大概会恶化，无可救药"，感到情况"十分不妙"等都是我胡编出来的，这是为了引诱丈夫早日坠入死亡之谷的一种手段。我的目的是让丈夫知道，我都豁出了性命，你也义不容辞。我后来的日记都是为了这个目的而写的。不仅写在日记里，我还随时准备装出咯血的样子给他看。我不断地使他兴奋，不给他喘息的时间，想尽办法使他的血压不断上升。（第一次发作以后我也毫不手软，一再玩弄小把戏使他嫉妒）木村很早就预言他肉体的毁灭已为期不远了，比起含含糊糊的医生来，我更相信木村一向敏锐的直觉，恐怕敏子也是如此。

尽管我的身体里流淌着淫荡的血，这是确定无疑的，可是怎么会埋藏着谋害丈夫的心呢？究竟是什么时候，怎么产生的呢？难道说被那样乖戾的、变态的、邪恶的、执拗的丈夫不断扭曲的话，无论多么朴实的心也最终会被扭曲的吗？不是这样的。我给人贤惠、守旧的感觉都是环境和父母给养成的，其实我天生就有着一颗冷酷的心吧。这个问题一下子还说不清楚。不过，我觉得结局不能不说是作为妻子对丈夫尽了忠，使丈夫度过了他所希望的幸福的一生。

无论对敏子还是木村我现在仍然抱有许多疑问。据他们说我和木村约会的大阪的旅店是木村请敏子介绍的，这可信吗？很可能敏子也和谁利用过那家旅店，而且现在还在利用吧。

按照木村的计划，以后找个适当的时候形式上和敏子结婚，以后和我三个人住在这个家里，因为敏子说了，为了维护家庭的体面，她甘愿为母亲做出牺牲。……

图书在版编目（CIP）数据

钥匙 /（日）谷崎润一郎著；竺家荣译 . -- 北京：作家出版社，2023.11

（谷崎润一郎经典典藏）

ISBN 978-7-5212-2601-0

Ⅰ.①钥… Ⅱ.①谷…②竺… Ⅲ.①长篇小说—日本—现代 Ⅳ.① I313.45

中国国家版本馆 CIP 数据核字（2023）第 215541 号

钥匙

作　　者：	［日］谷崎润一郎
译　　者：	竺家荣
责任编辑：	田一秀
装帧设计：	天行云翼·宋晓亮
出版发行：	作家出版社有限公司
社　　址：	北京农展馆南里 10 号　　邮　编：100125
电话传真：	86-10-65067186（发行中心及邮购部）
	86-10-65004079（总编室）
E-mail:	zuojia @ zuojia.net.cn
http://www.zuojiachubanshe.com	
印　　刷：	三河市北燕印装有限公司
成品尺寸：	128×175
字　　数：	72 千
印　　张：	5.125
版　　次：	2023 年 11 月第 1 版
印　　次：	2023 年 11 月第 1 次印刷
ISBN 978-7-5212-2601-0	
定　　价：	59.00 元